GIGI

COLETTE

Gigi

AVANT-PROPOS D'ALAIN BRUNET

HACHETTE

1re édition : 1944.
Édition de référence : *Œuvres complètes,* t. VII (1949) et XIII (1950).
© Librairie Arthème Fayard et Hachette Littératures, 2004.
ISBN : 978-2-253-10934-1 – 1re publication LGF

Avant-propos

Gigi est le dernier recueil de textes de fiction que publie Colette; les ouvrages qui paraîtront ensuite seront des textes que l'on peut rapidement qualifier de souvenirs (*L'Étoile Vesper*, *Le Fanal bleu*) ou des recueils de textes épars. La première édition, intitulée *Gigi et autres nouvelles*, fut achevée d'imprimer le 15 juin 1944, peu après le débarquement des Alliés en Normandie. L'édition a donc été préparée alors que le sol français et Paris étaient encore occupés. Cela explique le choix d'un éditeur suisse, La Guilde du Livre, à Lausanne; dans le même temps, Colette préparait la nouvelle édition de *De ma fenêtre*, avec une maison genevoise, Le Milieu du monde, laquelle sortit des presses en juillet 1944.

L'ouvrage, sous une couverture cartonnée recouverte de soie, réunit quatre textes : deux nouvelles (« Gigi » et « La Dame du photographe »), un poème en prose (« Flore et Pomone ») et un texte autobiographique (« Noces »). En frontispice est reproduit un portrait de Colette gravé par son ami André Dunoyer de Segonzac; quelques lignes manuscrites, en fac-similé, le dédicacent « Aux lecteurs de la

Guilde du Livre, que je suis heureuse d'appeler
mes amis, Colette ». Il est tiré à un peu plus de
dix mille exemplaires.

L'année suivante, lorsque *Gigi* paraît en
France, bien des choses ont changé. Tout d'abord
la guerre est terminée — le volume est mis en
vente à la fin de juin ou au début de juillet 1945 ;
Colette a retrouvé l'éditeur, Ferenczi, chez qui
elle a commencé de publier en 1922, chez qui elle
a dirigé une collection en 1923-1924, auquel elle
était fidèle depuis 1929 et qui avait dû fuir lors
de l'arrivée des Allemands ; enfin, depuis le 2 mai
1945, elle peut faire suivre sa signature de la
mention « de l'Académie Goncourt », puisque les
Dix, ou du moins les six qui avaient voix ce
jour-là, lui ont enfin ouvert leur porte.

La composition du volume aussi a changé ; elle
est toujours de quatre textes, mais « L'Enfant
malade » remplace « Noces » — *exit* l'autobio-
graphie au profit de la fiction. Tous ces textes, les
quatre premiers et le texte ajouté, ont été écrits
pendant la guerre, mais on cherchera en vain
mention de l'actualité tragique dans ces lignes. Il
n'est pas question d'en faire reproche à Colette,
un écrivain n'est pas qu'une caisse de résonance
de l'actualité.

Qui aime les symboles et les images pourra
peut-être voir comme une sorte de transposition
et considérer que l'Enfant malade est la France
des années 1940-1944 et que le délire de l'un peut
être assimilé aux errements de l'autre. Mais
quand on a fait ce parallèle on n'en a pas pour
autant épuisé, comme disait Péguy, le texte. Loin
de là.

« L'Enfant malade », publié pour la première
fois dans *La Bataille*, journal « né en exil et dans

le combat », du 30 novembre au 21 décembre 1944, raconte en une trentaine de pages le délire d'un enfant atteint par un accès de fièvre qui le mène aux portes de la mort. On ne sait combien de temps a duré ce délire ; l'enfant semble n'avoir « voyagé » qu'une nuit, mais la gouvernante qui le veille avec la mère laisse entendre que le temps fut plus long et parle de « la première nuit où... » (p. 116) ; Colette reste vague : « Peut-être son voyage dura-t-il longtemps. Mais délivré du sens de la durée, il ne jugeait que de sa variété » (p. 112). Nous ne savons pas si le délire évoqué est celui de la dernière nuit, la plus critique, ou celui de l'ensemble. Comme les objets, comme les sens de l'enfant (« Il excellait à faire de ses sens un usage féerique et paradoxal », p. 89), le temps subit une distorsion. D'ailleurs, tout est anamorphose : « Pour lui les rideaux de mousseline blanche, frappés de soleil vers dix heures du matin, rendaient un son rose, et la reliure d'un ancien *Voyage sur les rives de l'Amazone*, écorchée, en veau blond, versait à son esprit une saveur de crêpe chaude... » (p. 89), « À califourchon sur la nue parfumée, il errait dans l'air de la chambre, puis il s'y ennuya, s'évada par l'imposte de vitre dépolie et longea le couloir, suivi dans son vol par celui d'une grosse mite d'argent, qui éternuait dans le sillage de la lavande. Pour la distancer, il pressa de ses genoux les flancs de la nue de senteur, avec une vigueur et une aisance de cavalier que lui refusaient, en présence des êtres humains, ses longues jambes inertes d'enfant à demi paralysé » (p. 90-91). On admirera dans ce texte l'art de Colette qui mêle délire et points réels (la présence de la mère, celle de la gouvernante, les interventions du médecin) ;

cependant tout est vu, considéré, décrit à travers le prisme de la fièvre. La réalité atteint des dimensions que l'enfant était loin de raisonnablement imaginer et il en est ravi. Tout à l'heure il consolera sa mère, mais pour l'heure il préfère se laisser bercer par les sens déréglés. Les déplacements de Mandore, la servante, en particulier, constituent une suite de délices : « sa jupe rayée de jaune et de marron retentit, au frôler des meubles, d'amples sons de violoncelle que Jean était seul à percevoir » (p. 97), « En marchant, elle faisait sonner [...] les cordes intérieures qui étaient l'âme même, la riche harmonie de Mandore » (p. 100). La fièvre permet à l'enfant de percer les êtres et de voir leur fin fonds révélé. Lorsqu'elle retombe, les divagations disparaissent et l'enfant en est déçu : « Plus jamais Mandore jaune et brune ne retentirait de toutes les cordes [...] bourdonnant sous sa vaste robe sonore » (p. 120); il est « guéri » et « désappointé » *(ibid.).*

« L'Enfant malade » tient une place singulière dans l'œuvre de Colette, dans la mesure où il ne ressemble à aucun autre texte de l'écrivain. Même *L'Enfant et les Sortilèges* ne peut lui être comparé. *L'Enfant et les Sortilèges* est un conte fantastique alors que « L'Enfant malade » est d'ordre réaliste, la fièvre est un phénomène mesurable qui a, le plus souvent, une cause physique. Le délire qu'elle suscite ne peut être assimilé à une conséquence d'un esprit dérangé par une cause qui serait propre à cet esprit. L'enfant en proie aux sortilèges paie sa désobéissance; c'est parce qu'il se sent coupable que son sommeil est hanté par des objets qui se sont animés et par les Bêtes; son délire est une punition.

L'enfant malade n'est pas projeté dans un monde inquiétant; au contraire, il se plaît dans celui qu'il découvre. Peu de textes de notre littérature offrent l'évocation d'un état onirique décrit avec une telle sûreté. Ici, ce n'est pas l'auteur qui divague, labourant un champ d'investigation sans limites, c'est bien son héros. Dans « L'Enfant malade » Colette aborde un thème de la littérature, le rêve, le délire, l'onirisme, que certains ont quadrillé comme un territoire; elle n'y fait qu'une incursion, mais elle conquiert en maître.

Parce qu'elle a eu le malheur de forger une belle phrase clinquante et sonore, Colette a été prise à son propre piège : on l'a crue sur parole. Parce que dans *La Naissance du jour* elle affirme : « La mort ne m'intéresse pas, la mienne non plus », formule qui est servie et citée plus que de raison, Colette est considérée comme un auteur incapable de gravité. Pourtant, même si elle n'en fait pas une obsession, la mort est bien présente dans son œuvre. Deux romans s'achèvent sur un suicide (*La Fin de Chéri* et *Duo*); dans le présent recueil, deux nouvelles en témoignent : c'est bien les portes de la mort qu'atteint l'enfant malade (p. 112) et, de son côté, c'est bien à la mort que la dame du photographe réclame ce que la vie ne lui donne pas — et c'est en revenant à la vie qu'elle trouve « les élans de la féminine grandeur, humble et quotidienne, qu'elle méconnaissait en lui infligeant le nom de "bien petite vie" » (p. 161). La mort n'effraie pas Colette, cela ne signifie pas qu'elle ne l'intéresse pas. Elle ne croit pas à ses charmes : le ciel est vide et la mort, pense-t-elle, est vide comme le ciel (« l'incompréhensible mort, qui n'enseigne

rien aux vivants », p. 149), alors que la vie est
source perpétuelle d'émerveillements, d'observa-
tions, de renouvellements. Pour l'auteur de *Gigi*,
la mort n'a rien d'attirant : « Je reste froide à
l'agonie des corolles. [...] Qu'est la majesté de
ce qui finit, auprès des départs titubants, des
désordres de l'aurore ? » (« Flore et Pomone »,
p. 166) ; elle n'est qu'une éventualité : « je pensai
à la mort, et, par exception, à la mienne. Et si je
mourais en tramway ? Et si je mourais au cours
d'un dîner en ville ? Affreuses éventualités, mais
si peu probables que je les abandonnai vite. Nous
autres femmes, nous mourons peu hors de chez
nous ; que la douleur nous boute, comme aux
chevaux, un bouchon de paille enflammé sous le
ventre, et nous trouvons la force de courir vers le
gîte » (p. 145). La mort ne l'attire pas, mais l'idée
de la mort ne la rebute pas non plus. Colette, en
digne fille de Sido, sait que son heure viendra ;
elle s'y prépare, sans hâte ni crainte, de pied
ferme, si l'on ose écrire : « Être exacte, être prête,
être en règle, c'est tout un. [...] Il est l'heure de
comparaître, d'être, sous la robe de chambre, le
pyjama de laine, vêtue, la chemise nette, les pieds
propres, le reste aussi. [...] point de dettes, et les
tiroirs rangés. Après quoi tout peut venir [1]. »
Parce qu'elle n'éprouve pas d'angoisse métaphy-
sique, doit-on nier qu'elle a atteint à une certaine
forme de sagesse ?

Cependant, quelle que soit la morale que l'on
tire de ce voyage au bout de la vie qu'a voulu
entreprendre l'héroïne, plus qu'une leçon de phi-
losophie, « La Dame du photographe » est une

---

1. *L'Étoile Vesper*, *Œuvres complètes*, Le Fleuron,
t. XIII, 1950, p. 298.

leçon de composition littéraire, c'est l'un des meilleurs exemples de la maîtrise de Colette dans l'art de la nouvelle. L'« attaque » est directe (« Quand celle qu'on appelait "la dame du photographe" résolut de mettre fin à ses jours [...] », p. 121), pourtant on ne connaîtra la suite que vingt pages plus loin, soit à près de la moitié de la nouvelle. Jusque-là, Colette fait une longue digression dans laquelle elle explique comment elle a été amenée à connaître cette femme que normalement elle n'eût dû jamais rencontrer, elle reconstitue le milieu dans lequel cette femme vit, et surtout crée un « climat ». Pour donner un cachet d'authenticité, elle utilise un procédé qui lui a déjà servi dans *La Naissance du jour*, dans *Bella-Vista*, dans *Chambre d'hôtel* : elle se met en scène elle-même, sous son nom, avec sa qualité d'artiste de music-hall ou d'écrivain. Mais on sait, depuis, qu'aucune des situations ne correspond à un moment précis de la vie de Colette. Ici non plus. Il est inutile de démonter le mécanisme ; sachons que Mlle Devoidy, dont il est longuement question, censée être une payse de l'écrivain, ne correspond à aucune personne identifiée parmi les habitants de Saint-Sauveur [1], le village natal. À cette évocation, en filigrane, du temps de son enfance, Colette, en insérant dans son histoire un personnage pittoresque, Tigri-Cohen, qui, par son activité dans les théâtres, fait penser à Chand-d'habits, que joue Pierre Renoir

---

1. Voir Élisabeth Charleux-Leroux et Marguerite Boivin, *Avec Colette, de Saint-Sauveur à Montigny*, Société des amis de Colette (Mairie — 89520 Saint-Sauveur-en-Puisaye), 1995, p. 69-70.

dans *Les Enfants du paradis*, mêle d'autres souvenirs auxquels elle est attachée, ceux du music-hall. Pendant toute la première partie de la nouvelle, malgré le titre, le lecteur pense que le personnage central est Mlle Devoidy. Elle est d'ailleurs décrite très précisément, physiquement et moralement. Et dans cette partie, Mme Armand, la « dame du photographe », n'apparaît que comme une comparse. Elle ne deviendra l'héroïne que vers la fin du texte, quand elle entreprendra non sa confession mais l'explication de son acte. Le projecteur est resté sur Mlle Devoidy dans la première moitié, a éclairé Mlle Devoidy et Mme Armand dans le troisième quart et est resté centré sur Mme Armand dans le dernier quart. Pendant ce temps, le personnage de Colette est apparu dans le cercle de lumière, mais non pas au centre de la scène, durant les trois quarts du texte, puis est entré volontairement dans l'ombre dans le dernier quart. Ce retrait est un des plus admirables qu'il nous ait été donné de lire : « Mais à partir des mots : "J'ai toujours eu une bien petite vie..." je me sens délivrée des soucis médiocres qui s'imposent à l'écrivain, par exemple de noter fidèlement les trop fréquents "d'un sens", les "ce que c'est que de nous" qui remontaient comme des bulles sur le récit de Mme Armand. S'ils facilitèrent son récit, c'est à moi de les en ôter. Il m'appartient d'abréger, et aussi de supprimer, de notre entretien, mon insignifiant apport personnel » (p. 152-153). En quelques lignes, Colette insiste pour nous obliger à croire à la véracité de son récit et en même temps met l'accent sur son travail d'écrivain : elle annonce qu'elle va alléger les propos de Mme Armand des scories qui encombrent le discours de qui n'a pas l'habitude de parler et, dans le même temps, met bien en relief son retrait. Elle gommera ses questions, mais non pas les reprises qu'en fera son interlocutrice : « Depuis ? Mais rien » (p. 154), « Vous dites ? Oh ! non » (p. 156), « Pardon ?... Ah ! vous mettez le doigt sur la difficulté » *(ibid.)*, etc. Colette joue de son art ; elle le maîtrise et le domine. Déjà, quelques pages plus haut, elle avait manifesté le plaisir ou non que pouvait éprouver un écrivain au cours de son travail : « Une certaine absence de laideur, en matière d'ameublement, m'est bien pire que la laideur. Sans contenir aucune monstruosité, l'ensemble de la pièce où Mme Armand savourait sa convalescence me fit baisser les yeux, et je ne goûterais aucun plaisir à le décrire » (p. 146). Son instrument répand un son mélodieux au moindre frottement de l'archet.

On pourra en outre être sensible à la qualité littéraire de quelques notations : « Un regard offensé, couleur de minerai pailleté, passa par-dessous la lampe, vint me rejoindre dans l'ombre » (p. 128) ; à propos d'une perle : « J'eus dans le creux de ma paume cette vierge merveilleuse et tiède, son énigme d'instables couleurs, son rose insaisissable qui captait un bleu neigeux, puis l'échangeait contre un mauve fugitif » (p. 131) ; ou aux remarques psychologiques : « Il m'importait, comme à beaucoup de femmes, d'échapper au jugement de certains êtres, que je savais sujets à l'erreur, enclins à une certitude proclamée sur un ton affecté d'indulgence. Un tel traitement nous pousse, nous, femmes, à nous écarter de la vérité simple comme d'une mélodie plate et sans modulations, à nous plaire au sein du demi-mensonge, du demi-silence et des demi-évasions » (p. 140) ; mais aussi : « Il ne faut pas croire que les hommes se jettent sur les femmes comme des anthropophages. [...] Ce sont les femmes qui en font courir le bruit. Les hommes sont bien trop précautionneux de leur tranquillité. Mais bien des femmes ne supportent pas qu'un homme se tienne convenablement » (p. 154)...

« La Dame du photographe » est un modèle de narration, « Flore et Pomone » est un poème en prose comme Colette sut en composer tout au long de sa carrière d'écrivain, depuis *Les Vrilles de la vigne* (recueil publié en 1908 et qui réunit de textes écrits dès 1905). Pendant la guerre, Colette a noué des liens avec Raymond Nacenta qui œuvre pour faire de la Galerie Charpentier la galerie de tableaux la plus prestigieuse de Paris. Déjà, elle a préfacé le catalogue de plusieurs expositions. Quand Nacenta décide de publier des textes illustrés, elle écrit pour lui *Flore et Pomone*. Colette termine son texte en avril 1943. Achevé d'imprimer le 15 mai suivant, tiré à cinq cent vingt et un exemplaires, l'ouvrage est illustré par quarante aquarelles de Laprade. Comme à Saint-Sauveur Sido passait d'une maison à l'autre par les potagers que les façades sévères dissimulaient aux regards, Colette vagabonde d'une époque à l'autre de ses souvenirs par l'évocation de jardins qu'elle a connus et aimés.

C'est l'occasion pour elle d'enrichir la galerie de portraits qu'elle a composés tout au long de son œuvre de quelques silhouettes inoubliables, telles celle du metteur en scène italien, qu'elle avait déjà évoqué avec quelque cruauté dans *La Chambre éclairée* (1921), et qui réapparaît ici dans une scène pittoresque, ou celle du jardinier illettré qu'elle connut en 1930 et qui aurait pu en remontrer à Buffon. Les restrictions de la guerre exacerbent les évocations de ce qui lui manque : les pages sur les oranges et autres fruits exotiques (p. 185-188) ne sont suggestives que parce qu'elles ont été écrites en période de disette. Une fois encore on admirera la fidélité de la mémoire (« La vie a bien du mal à me déposséder. Je n'aurai jamais fini de recenser ce que le hasard, une fois, a fait mien », p. 193) et la qualité de la restitution.

« L'Enfant malade », « La Dame du photographe », « Flore et Pomone », ces trois petits (par la taille) chefs-d'œuvre, souffrent de l'ombre que leur fait la nouvelle qui donne son titre au recueil, « Gigi ». Comme Claudine, Gigi accapare tous les regards, concentre toute l'attention, attire tous les projecteurs. Dès la publication de l'ouvrage Jacqueline Audry pense à l'adapter pour le cinéma. Un premier écho paraît dans la presse en décembre 1945 — le recueil est sorti à Paris en juillet (il est peu probable que la réalisatrice ait lu la nouvelle lorsque celle-ci fut publiée dans *Présent*, en novembre 1942, revue qui était éditée à Lyon). En janvier 1946, Jacqueline Audry et son mari, Pierre Laroche, sont en plein travail : Colette fait déjà ses commentaires et critique quelques ajouts des adaptateurs. Mais le film ne sortira que le 5 octobre 1949 ; la réalisatrice a eu toutes les peines du monde pour financer son projet ; les producteurs fuyaient quand ils entendaient parler d'une adaptation d'un roman de Colette. Elle représentait l'avant-guerre. Personne ne s'attendait au succès, personne n'avait pensé que Colette, c'était aussi l'avant-premièreguerre et que cette époque, elle, allait susciter bien des nostalgies. La sortie du film coïncidait aussi avec la reprise, dans une adaptation remaniée, de *Chéri* sur scène, qu'interprétaient Jean Marais et Valentine Tessier, autre roman situé avant 1914.

Le nom de Colette n'appelait plus, depuis quelques années, que des louanges convenues ; ses livres étaient accueillis par une presse respectueuse et admirative, mais n'inspiraient plus les épithètes enthousiastes qui avaient été celles qui qualifiaient ses romans d'avant 1940. Certes, en 1945, les grands noms de la critique littéraire, Thierry Maulnier (*Concorde*, 23 août), Marcel Arland (*Dimanche-Pays*, 26 août), André Rousseaux (*Le Figaro*, 15 septembre), Marcel Thiébaut (*La Revue de Paris*, octobre), avaient unanimement, et sincèrement, salué la publication de *Gigi* et avaient reconnu à l'ouvrage des qualités diverses, mais la piétaille de la presse, celle qui, en martelant, témoigne du succès et assure la renommée, ne suivait plus. Colette était d'une autre époque, — et *Gigi* ramena son époque à Colette. Le succès du film suscita d'autres adaptations cinématographiques ; *Julie de Carneilhan* et *Minne, l'ingénue libertine* furent réalisés dans les mois qui suivirent et sortirent sur les écrans en avril et mai 1950.

Gigi allait en outre assurer une audience internationale à Colette. Anita Loos, dont tout le monde connaît *Les hommes préfèrent les blondes*, au moins par l'adaptation cinématographique qui réunit Marilyn Monroe et Jane Russell, adapta le roman de Colette pour la scène américaine. Peut-être l'avait-elle lu dans *Harper's Bazaar* de juin 1946, quand la nouvelle fut traduite et publiée en feuilleton. La pièce fut créée à New York le 24 novembre 1951. Pour que la mise en scène mît bien en valeur l'esprit français, donc exotique, de la pièce on avait fait appel à un scénographe français, — et non des moindres, puisqu'il s'agissait de Raymond Rouleau. L'objectif fut atteint. Dans le compte rendu qu'il fit de la première représentation le critique du *New York Times* se déclara sensible au ton français, léger, très 1900, de la pièce. L'interprète de Gigi fut promise à une grande carrière, et elle l'accomplit : c'est Audrey Hepburn qui créa le rôle-titre. Une légende largement répandue veut que ce soit Colette qui ait découvert la jeune actrice. En l'apercevant dans le hall d'un hôtel de Monte-Carlo où elle séjournait, Colette se serait écriée : « Voilà notre Gigi pour l'Amérique. Ne cherchons pas ailleurs. » C'était oublier que la même anecdote avait déjà servi cinq ans auparavant, ainsi qu'en témoigne le journal *Elle* du 12 décembre 1945 ; c'était ignorer aussi que Colette s'extasiait dans les mêmes termes devant toutes les jeunes comédiennes qu'elle rencontrait — mais qu'importe la réalité si l'histoire est jolie...

Trois ans plus tard, *Gigi* revenait sur scène, à Paris. La première représentation, qui eut lieu le 22 février 1954, quelques mois avant la mort de l'auteur, donna lieu à une de ces cérémonies dont on accablait Colette depuis plusieurs années. La pièce fut retransmise en direct à la télévision — cela aussi, c'était une première — et à l'entracte, Colette, qui n'était plus en mesure de se déplacer, s'adressa, par la même voie, au public, choisi, du théâtre des Arts. L'accueil de la presse fut chaleureux, malgré l'excès de mise en scène hors plateau.

La carrière de *Gigi* allait se poursuivre encore. En 1958, Vincente Minnelli l'adapta en film musical. Hollywood s'empara de l'héroïne et la fit chanter dans toutes les salles. Là encore, les Américains sentirent qu'il fallait des éléments français pour traduire ce qu'ils ne pouvaient exprimer eux-mêmes ; ils confièrent les rôles principaux à trois acteurs d'origine française : Leslie Caron, Louis Jourdan et Maurice Chevalier. Le film fut un triomphe ; il remporta neuf oscars et connut un succès international. Exploitant la veine jusqu'au bout, les Américains tirèrent du film une comédie musicale pour Broadway. Dans les *Cahiers Colette* n° 19 (1997 [1]), Elisabeth Ladenson analyse avec finesse l'image que *Gigi*, par ses différents avatars, donne de la France, des Français et de Colette outre-Atlantique : Gilberte, jeune fille qui reste pure malgré les efforts de ses aïeules, est représentative d'une immoralité française bien morale.

À la veille des représentations de février 1954, alors qu'elle ne pouvait imaginer que son héroïne enchanterait les soirées de Broadway, Colette avait conscience que son personnage lui échappait : « Force m'est de reconnaître qu'avec *Gigi* j'ai dû, comme disent les dentistes, "toucher un nerf". »

Quand, en 1946, elle recomposa le recueil et élimina « Noces », Colette avait-elle une arrière-pensée ? Ce texte est autobiographique. Comme l'indique son titre, il raconte un mariage, le premier mariage de Colette, le 15 mai 1893. Ce

---

1. Les *Cahiers Colette* sont édités par la Société des amis de Colette.

jour-là, elle épousait Henry Gauthier-Villars (Willy), qu'elle allait tant aimer et ensuite tant haïr. « Noces », qui pourtant ne comptait qu'une dizaine de pages, semblait détonner dans l'ensemble ; mais peut-être Colette s'était-elle aussi rendue compte que ces pages expressément biographiques pouvaient donner une tonalité autobiographique aussi à la première nouvelle du recueil. Car que raconte « Gigi » si ce n'est la façon qu'ont des femmes de ligoter un beau parti, un parti inespéré pour la jeune fille à marier, laquelle, par sa situation sociale, ne peut prétendre à rien de ce à quoi on aspire pour elle ? La situation de « Gigi » ne décalque pas celle de la jeune Gabrielle Colette, mais il y a cependant d'étranges similitudes. Souvenons-nous. Les Colette (Sido et le Capitaine, les parents du futur écrivain, et Gabrielle) ont quitté Saint-Sauveur-en-Puisaye pour habiter Châtillon-sur-Loing, près du fils aîné qui vient de s'installer dans ce bourg comme médecin. Ils ont peu de revenus et ne peuvent assurer une dot à Gabrielle, bientôt en âge d'être mariée. Pour une raison que l'on ignore, ils s'entremettent pour trouver une nourrice à l'enfant de Henry Gauthier-Villars, fils d'un éditeur important de Paris et homme en vogue sous le nom de Willy. Willy vient régulièrement voir son fils et, par la même occasion, rend visite aux Colette. À Paris, il a acquis une réputation d'amuseur public — il se qualifie lui-même d'« auteur gai » — grâce à ses romans, aux pièces de théâtre qu'il écrit en collaboration et à la chronique musicale de « l'Ouvreuse » ; il a un peu plus de trente ans (comme Gaston Lachaille) et ses aventures font l'objet de nombreux potins (comme celles de Gaston). À Châtillon, il trouve chez les Colette une atmosphère apaisante (comme Gaston chez Mamita), qui le repose de « la vie parisienne » ; en outre, la jeune fille de la maison est charmante, spontanée, et elle a l'esprit vif et une « grâce voltigeante » (comme Gigi), selon l'aveu même de la « victime ». Willy vient de vivre un drame affectif (la mère de son fils vient de mourir) — Gaston vient de connaître une mésaventure sentimentale (sa maîtresse l'a quitté). Sido développe-t-elle seule la stratégie que déploient Mamita et la tante Alicia ? Rien ne permet de l'affirmer. Cependant nous connaissons les lettres qu'elle écrivait à sa fille aînée et dans lesquelles elle exprime alternativement ses espoirs (« C'est un enfant qui doit faire entrer par la grande porte Gabri dans la famille Gauthier-Villars parce que le grand-père est fou de ce petit et il faudra qu'il consente au mariage de son fils avec une jeune fille sans dot à cause de ce petit ») et ses craintes (Willy est « bien malade [...] je crains bien que ça ne finisse pas bien tout ça ; aussi suis-je très tourmentée »), au gré des mouvements de la situation — ses inquiétudes rejoignent celles de Mamita et de la tante Alicia devant les atermoiements de Gaston. Et comme dans « Gigi », le joyeux noceur épouse la pure enfant. C'est cette cérémonie que racontait « Noces »...

« Noces », nous l'avons dit, donnait à la première édition de *Gigi* une coloration nettement autobiographique : « Gigi » pouvait être lu comme nous venons de le faire ; « La Dame du photographe » est présenté comme un souvenir ; « Flore et Pomone », comme une promenade parmi les souvenirs. Dans la seconde édition, en supprimant « Noces » et en le remplaçant par un texte de fiction, toute la couleur du volume change : « Gigi » devient un ultime avatar des *Claudine* ; « L'Enfant malade » est une pure fiction ; « La Dame du photographe » balance entre évocation et fiction ; « Flore et Pomone » est un poème en prose.

Après plus de cinquante ans, la réception des textes est enrichie par les connaissances que nous avons acquises à propos de l'histoire personnelle de l'auteur et de la genèse des textes. Le lecteur dispose d'un registre d'interprétations plus vaste. Il peut aujourd'hui choisir celle qui lui convient, — ou lire et relire ces textes sous plusieurs aspects. Il n'y a pas de règle qui doive être imposée, il n'y a pas de loi immuable, il n'y a pas de vérité éternelle ; en littérature, non plus.

ALAIN BRUNET.

GIGI

Gigi

— N'oublie pas que tu vas chez tante Alicia. Tu m'entends, Gilberte? Viens que je te roule tes papillotes. Tu m'entends, Gilberte?

— Je ne pourrais pas y aller sans papillotes, grand-mère?

— Je ne le pense pas, dit avec modération Mme Alvarez.

Elle posa, sur la flamme bleue d'une lampe à alcool, le vieux fer à papillotes dont les branches se terminaient par deux petits hémisphères de métal massif, et prépara les papiers de soie.

— Grand-mère, si tu me faisais un cran d'ondulation sur le côté pour changer?

— Il n'en est pas question. Des boucles à l'extrémité des cheveux, c'est le maximum d'excentricité pour une jeune fille de ton âge. Mets-toi sur le banc-de-pied.

Gilberte plia, pour s'asseoir sur le banc, ses jambes héronnières de quinze ans. Sa jupe écossaise découvrit ses bas de fil à côtes jusqu'au-delà de ses genoux dont la rotule ovale, sans qu'elle s'en doutât, était la perfection même. Peu de mollet, la voûte du pied haute, de tels avantages conduisaient Mme Alvarez à regretter que sa petite-fille n'eût pas travaillé la danse. Pour l'ins-

Gigi

tant, elle n'y songeait pas. Elle pinçait à plat, entre les demi-boules du fer chaud, les mèches blond cendré, tournées en rond et emprisonnées dans le papier fin. Sa patience, l'adresse de ses mains douillettes assemblaient en grosses boucles dansantes et élastiques l'épaisseur magnifique d'une chevelure soignée, qui ne dépassait guère les épaules de Gilberte. L'odeur vaguement vanillée du papier fin, celle du fer chauffé engourdissaient la fillette immobile. Aussi bien, Gilberte savait que toute résistance serait vaine. Elle ne cherchait presque jamais à échapper à la modération familiale.

— C'est *Frasquita*, que maman chante aujourd'hui?

— Oui. Et ce soir *Si j'étais roi*. Je t'ai dit déjà que quand tu es assise sur un siège bas, tu dois rapprocher tes genoux l'un de l'autre, et les plier ensemble soit à droite, soit à gauche, pour éviter l'indécence.

— Mais, grand-mère, j'ai un pantalon et mon jupon de dessous.

— Le pantalon est une chose, la décence en est une autre, dit Mme Alvarez. Tout est dans l'attitude.

— Je le sais, tante Alicia me l'a assez répété, murmura Gilberte sous son toit de cheveux.

— Je n'ai pas besoin de ma sœur, dit aigrement Mme Alvarez, pour t'inculquer des principes de convenances élémentaires. Là-dessus, Dieu merci, j'en sais un peu plus qu'elle.

— Si tu me gardais ici, grand-mère, j'irais voir tante Alicia dimanche prochain?

— Vraiment! dit Mme Alvarez avec hauteur. Tu n'as pas d'autre *sujétion* à me faire?

— Si, dit Gilberte. Qu'on me fasse des jupes

un peu plus longues, que je ne sois pas tout le temps pliée en Z, dès que je m'assois. Tu comprends, grand-mère, tout le temps il faut que je pense à mon ce-que-je-pense, avec mes jupes trop courtes.

— Silence ! Tu n'as pas honte d'appeler ça ton ce-que-je-pense ?

— Je ne demande pas mieux que de lui donner un autre nom, moi...

Mme Alvarez éteignit le réchaud, mira dans la glace de la cheminée sa lourde figure espagnole, et décida :

— Il n'y en a pas d'autre.

De dessous la rangée d'escargots blond cendré jaillit un regard incrédule, d'un beau bleu foncé d'ardoise mouillée, et Gilberte se déplia d'un bond :

— Mais, grand-mère, tout de même, regarde, on me ferait mes jupes une main plus longues... Ou bien on me rajouterait un petit volant...

— Voilà qui serait agréable à ta mère, de se voir à la tête d'une grande cavale qui paraîtrait au moins dix-huit ans ! Avec sa carrière ! Raisonne un peu !

— Oh ! je raisonne, dit Gilberte. Puisque je ne sors presque jamais avec maman, quelle importance ça aurait-il ?

Elle rajusta sa jupe qui remontait sur son ventre creux, et demanda :

— Je mets mon manteau de tous les jours ? C'est bien assez bon.

— À quoi saurait-on que c'est dimanche, alors ? Mets ton manteau uni et ton canotier bleu marine. Quand auras-tu le sens de ce qui convient ?

Debout, Gilberte était aussi haute que sa

grand-mère. À porter le nom espagnol d'un amant défunt, Mme Alvarez avait acquis une pâleur beurrée, de l'embonpoint, des cheveux lustrés à la brillantine. Elle usait de poudre trop blanche, le poids de ses joues lui tirait un peu la paupière inférieure, si bien qu'elle avait fini par se prénommer Inés. Autour d'elle gravitait en bon ordre sa famille irrégulière. Andrée, sa fille célibataire, abandonnée par le père de Gilberte, préférait maintenant à une prospérité capricieuse la sage vie des secondes chanteuses, dans un théâtre subventionné. Tante Alicia — on n'avait jamais entendu dire que quelqu'un lui eût parlé mariage — vivait seule, de rentes qu'elle disait modestes, et la famille faisait grand cas du jugement d'Alicia comme de ses bijoux.

Mme Alvarez toisa sa petite-fille, du canotier en feutre orné d'une plume-couteau, jusqu'aux souliers molière de confection.

— Tu ne peux donc pas rassembler tes jambes ? Quand tu te tiens comme ça, la Seine te passerait dessous. Tu n'as pas l'ombre de ventre et tu trouves le moyen de pousser le ventre en avant. Et gante-toi, je te prie.

L'indifférence des enfants chastes gouvernait encore toutes les attitudes de Gilberte. Elle avait l'air d'un archer, elle avait l'air d'un ange raide, d'un garçon en jupes, elle avait rarement l'air d'une jeune fille. « Te mettre des robes longues, toi qui n'as pas la raison d'un enfant de huit ans ? » disait Mme Alvarez. « Gilberte me décourage », soupirait Andrée. « Si tu ne te décourageais pas pour moi, tu te découragerais pour autre chose », repartait paisiblement Gilberte. Car elle était douce et s'accommodait d'une vie casanière, presque exclusivement familiale. Pour

son visage, personne n'en prédisait rien encore.
Une grande bouche que le rire ouvrait sur des
dents d'un blanc massif et neuf, le menton court,
et entre des pommettes hautes un nez... « Mon
Dieu, où a-t-elle pris cette petite truffe ? » soupirait sa mère. « Ma fille, si tu n'en sais rien, qui le
saura ? » répliquait Mme Alvarez. Sur quoi
Andrée, prude trop tard, fatiguée trop tôt, gardait
le silence, tâtait machinalement ses amygdales
sensibles. « Gigi, assurait tante Alicia, c'est un lot
de matières premières. Ça peut s'agencer très
bien comme ça peut tourner très mal. »

— Grand-mère, on a sonné, je vais ouvrir en
m'en allant... Grand-mère, cria-t-elle dans le couloir, c'est tonton Gaston !

Elle revint, accompagnée d'un long homme
jeune qu'elle tenait bras sur bras en lui parlant
d'un air de cérémonie et d'enfantillage, comme
font les écolières en récréation.

— Quel dommage, tonton, de vous quitter si
vite ! Grand-mère veut que j'aille voir tante Alicia.
Quelle voiture vous avez aujourd'hui ? C'est votre
nouvelle de Dion-Bouton quatre-places-décapo-
table ? Il paraît qu'on peut la conduire d'une
seule main ! J'espère, tonton, que vous en avez,
de beaux gants ! Alors, tonton, vous êtes fâché
avec Liane ?

— Gilberte ! ça te regarde ? blâma Mme Alvarez.

— Mais, grand-mère, tout le monde le sait.
C'était dans le *Gil Blas*, ça commençait par : *Une
secrète amertume se glisse dans le produit sucré de
la betterave*... Au cours supplémentaire, elles
m'en ont toutes parlé, parce qu'elles savent que je
vous connais. Et vous savez, tonton, on ne lui
donne pas raison, à Liane, au cours supplémentaire ! On dit qu'elle n'a pas le beau rôle !

— Gilberte! répéta Mme Alvarez. Dis au revoir à M. Lachaille et disparais!

— Laissez-la, cette petite, soupira Gaston Lachaille. Elle n'y met pas de malice, elle, au moins. Et c'est parfaitement vrai que tout est fini entre Liane et moi. Tu vas chez tante Alicia, Gigi? Prends mon auto et renvoie-la-moi.

Gilberte fit un cri, un saut de joie, embrassa Lachaille.

— Merci, tonton! Non, la tête de tante Alicia! La bobine de la concierge!

Elle partit, avec autant de bruit qu'un poulain non ferré.

— Vous la gâtez, Gaston, dit Mme Alvarez.

En quoi elle parlait contre la vérité. Gaston Lachaille ne connaissait de « gâteries » et de fastes que réglementaires : ses automobiles, son morne hôtel sur le parc Monceau, les « mois » de Liane et ses bijoux d'anniversaire, le champagne et le baccara à Deauville l'été, à Monte-Carlo l'hiver. De temps en temps, il laissait tomber sur une souscription un gros don en espèces, achetait un yacht qu'il revendait peu après à un monarque d'Europe centrale, commanditait un journal neuf, mais ne s'en trouvait pas plus gai. En se regardant dans la glace, il disait : « Voilà le faciès d'un homme estampé. » Comme il avait le nez un peu long et de grands yeux noirs, le commun des mortels le croyait grugé. Son instinct commercial et sa défiance d'homme riche le gardaient bien, personne n'avait réussi à lui voler ses perles de chemise, ses étuis à cigarettes en métaux massifs cloutés de pierreries, ni sa pelisse doublée de sombres zibelines.

Par la fenêtre, il regarda démarrer sa voiture. Cette année-là, les automobiles se portaient

hautes et légèrement évasées, à cause des chapeaux démesurés qu'imposaient Caroline Otero,
Liane de Pougy et d'autres personnes, notoires
en 1899. Aussi les voitures versaient-elles mollement dans les virages.

— Mamita, dit Gaston Lachaille, vous ne me
feriez pas une camomille?

— Plutôt deux qu'une, dit Mme Alvarez.
Asseyez-vous, mon pauvre Gaston.

D'un fauteuil affaissé elle retira des illustrés
concaves, un bas à remmailler, une boîte de
réglisses dits *agents de change*. L'homme trahi se
laissa glisser avec délices, pendant que l'hôtesse
disposait le plateau et les deux tasses.

— Pourquoi la camomille qu'on me fait chez
moi sent-elle toujours le vieux chrysanthème?
soupira Gaston.

— Affaire de soin. Vous me croirez si vous
voulez, Gaston, bien des fois je cueille ma meilleure camomille à Paris même, dans des terrains
vagues, une camomille toute petite qui n'a pas
d'aspect. Mais elle a un goût *esquis*. Mon Dieu,
que votre complet est donc d'une belle étoffe!
C'est distingué au possible, cette rayure fondue.
Voilà une étoffe comme votre pauvre père les
aimait. Mais il les portait, je dois dire, avec
moins de chic que vous.

Mme Alvarez n'évoquait qu'une fois par entretien la mémoire d'un Lachaille le père, qu'elle
assurait avoir beaucoup connu. De ses relations
anciennes, vraies ou fausses, elle ne tirait guère
d'autre avantage que la familiarité de Gaston
Lachaille et le plaisir de pauvre que goûtait
l'homme fortuné à ses haltes dans le vieux fauteuil. Sous un plafond terni par le gaz, trois créatures féminines ne lui réclamaient ni colliers de

perles, ni solitaires, ni chinchillas, et savaient parler avec décence et considération de ce qui était scandaleux, vénérable et inaccessible. Dès sa douzième année, Gigi savait que le gros rang de perles noires de Mme Otero était « trempé », c'est-à-dire teint artificiellement, mais que son collier à trois rangs étagés valait « un royaume »; que les sept rangs de Mme de Pougy manquaient d'animation, que le fameux boléro en diamants d'Eugénie Fougère c'était trois fois rien, et qu'une femme qui se respecte ne se balade pas, comme Mme Antokolski, dans un coupé doublé de satin mauve. Elle avait docilement rompu avec sa camarade de cours Lydie Poret, lorsque celle-ci lui avait montré un solitaire monté en bague, don du baron Ephraïm.

— Un solitaire! s'était écriée Mme Alvarez. Une fille de quinze ans! Je pense que sa mère est folle.

— Mais, grand-mère, plaidait Gigi, ce n'est pas sa faute, à Lydie, si le baron le lui a donné!

— Silence! Ce n'est pas le baron que je blâme. Le baron sait ce qu'il a à faire. Le simple bon sens exigeait que la mère Poret mette la bague dans un coffre à la banque, en attendant.

— En attendant quoi, grand-mère?

— Les événements.

— Pourquoi pas dans sa boîte à bijoux?

— Parce qu'on ne sait jamais. Surtout que le baron est un homme à se raviser. Mais s'il s'est bien déclaré, Mme Poret n'a qu'à retirer sa fille du cours. Jusqu'à ce que tout ça soit tiré au clair, tu me feras le plaisir de ne plus faire tes deux trajets avec cette petite Poret. A-t-on idée!

— Mais si elle se marie, grand-mère?

— Se marier? Avec qui, se marier?

— Avec le baron?

Mme Alvarez et sa fille échangèrent un regard de stupeur. « Cette enfant me décourage, avait murmuré Andrée. Elle tombe d'une autre planète. »

— Alors, mon pauvre Gaston, dit Mme Alvarez, c'est donc bien vrai, cette brouille? D'un sens, pour vous, c'est peut-être mieux. Mais d'un autre sens, je conçois que vous en ayez de l'ennui. À qui se fier, je vous le demande...

Le pauvre Gaston l'écoutait en buvant sa camomille brûlante. Il y goûtait autant de réconfort qu'à regarder la rosace enfumée de la suspension « mise à l'électricité », mais fidèle à sa vaste cloche vert nil. Le contenu d'une corbeille à ouvrage se déversait à demi sur la table à manger, où Gilberte oubliait ses cahiers. Au-dessus du piano droit, un agrandissement photographique d'après Gilberte, âgée de huit mois, faisait pendant au portrait à l'huile d'Andrée, dans un rôle de *Si j'étais roi*... Un désordre sans vilenie, un rai de soleil printanier dans la guipure des rideaux, une chaleur rampante venue de la salamandre entretenue à petit feu, agissaient comme autant de philtres sur les nerfs de l'homme riche, solitaire et trompé.

— Est-ce que vous êtes positivement dans la peine, mon pauvre Gaston?

— À proprement parler, je ne suis pas dans la peine, je suis plutôt dans l'em..., enfin dans l'ennui.

— Si je ne suis pas indiscrète, reprit Mme Alvarez, comment ça vous est-il arrivé? J'ai bien lu les journaux; mais peut-on se fier à eux?

Lachaille tira sur sa petite moustache relevée au fer, peigna de ses doigts sa grosse chevelure taillée en brosse.

— Oh! la même chose à peu près que les autres fois... Elle a attendu son cadeau d'anniversaire, et puis elle s'est trottée. Maladroite, avec ça, au point qu'elle est allée se fourrer dans un coin de Normandie tellement petit... Ça n'a pas été sorcier de découvrir qu'il n'y avait que deux chambres à l'auberge, une occupée par Liane, l'autre par Sandomir, un professeur de patinage au Palais de Glace.

— C'en est un qui fait valser Polaire au *five o'clock*, n'est-ce pas? Ah! les femmes ne savent plus garder les distances aujourd'hui. Et juste après son anniversaire... Ah! ce n'est pas délicat... C'est même tout ce qu'il y a d'incorrect.

Mme Alvarez tournait sa cuiller dans la tasse, le petit doigt en l'air. Quand elle baissait le regard, ses paupières ne couvraient pas tout à fait les globes bombés de ses yeux, et sa ressemblance avec George Sand devenait évidente.

— Je lui avais donné un rang, dit Gaston Lachaille. Mais ce qui s'appelle un rang. Trente-sept perles. Celle du centre était comme mon pouce.

Il avança son pouce blanc et soigné, auquel Mme Alvarez manifesta l'admiration due à une perle du centre.

— Vous faites les choses en homme qui sait vivre, dit-elle. Vous avez le beau rôle, Gaston.

— J'ai le rôle de cocu, oui.

Mme Alvarez ne parut pas l'entendre.

— Je serais que de vous, Gaston, je chercherais à la vexer. Je prendrais une femme du monde.

— Merci du remède, dit Lachaille, qui mangeait distraitement les *agents de change*.

— Je me suis laissé dire en effet qu'il est quel-

quefois pire que le mal, appuya discrètement
Mme Alvarez. C'est changer son cheval borgne
contre un aveugle.

Puis elle respecta le silence de Gaston
Lachaille. Un son étouffé de piano traversait le
plafond. Sans parler le visiteur tendit sa tasse
vide, que remplit Mme Alvarez.

— Tout va bien dans la famille ? Quelles nouvelles de tante Alicia ?

— Ma sœur, vous savez, elle est toujours la
même. Très fermée, très en dessous. Elle dit
qu'elle aime mieux vivre sur un beau passé que
sur un vilain présent. Son roi d'Espagne, son
Milan, son khédive, des rajahs par paquets de
six... À l'en croire ! Elle est gentille avec Gigi. Elle
la trouve comme de juste un peu en retard, et elle
la fait travailler. Ainsi la semaine passée elle lui a
appris à manger d'une manière impeccable le
homard à l'américaine.

— Pour quoi faire ?

— Alicia dit que c'est excessivement utile. Elle
dit que les trois pierres d'achoppement, dans une
éducation, c'est le homard à l'américaine, l'œuf à
la coque et les asperges. Elle dit que le manque
d'élégance en mangeant a brouillé bien des
ménages.

— Ça s'est vu, dit Lachaille rêveur... Ça s'est
vu.

— Oh ! Alicia n'est jamais bête... Gigi, elle, ça
fait son affaire, elle est si gourmande ! Si elle
avait la tête aussi active que les mâchoires ! Mais
elle est comme une enfant de dix ans. Et vous
avez de beaux projets pour la fête des Fleurs ?
Vous comptez encore une fois nous éblouir ?

— Fichtre non, grogna Gaston. Je vais profiter
de mes malheurs pour faire des économies de
roses rouges, cette année.

Mme Alvarez joignit les mains.

— Oh! Gaston, vous n'allez pas faire ça! Sans vous le défilé aurait l'air en deuil!

— Il aura l'air de ce qu'il voudra, dit sombrement Gaston.

— Vous laisseriez la bannière brodée à des Valérie Cheniaguine? Ah! Gaston, on ne verra pas ça!

— On le verra, dit Gaston. Valérie a les moyens.

— Surtout qu'elle ne s'y ruine pas! Gaston, l'an dernier, ses dix mille bouquets à jeter, vous savez d'où ils venaient? Elle avait embauché trois femmes pendant deux jours et deux nuits pour ficeler, et les fleurs étaient achetées aux Halles! Aux Halles! Il y avait juste les quatre roues, le fouet du cocher et les harnais qui étaient signés Lachaume.

— Je retiens le truc, dit Lachaille égayé. Tiens, j'ai mangé tous les réglisses!

Le pas martelé de Gilberte sonna militairement dans l'antichambre.

— Déjà toi? dit Mme Alvarez. Qu'est-ce que ça signifie?

— Ça signifie, dit la petite, que tante Alicia était mal en train. L'essentiel, c'est que je me suis promenée dans le teuf-teuf à tonton.

Sa bouche se fendit sur ses dents qui brillèrent :

— Vous savez, tonton, pendant que j'étais dans votre auto, je faisais une tête de martyre, comme ça, pour avoir l'air blasée sur tous les luxes. Je me suis bien amusée.

Elle jeta au loin son chapeau, ses cheveux empiétèrent sur ses tempes et ses joues. Elle s'assit sur un tabouret assez haut et remonta ses genoux jusqu'à son menton.

— Alors, tonton? Vous avez l'air cauche-mardé. Vous voulez que je vous fasse un piquet? C'est dimanche, maman ne revient pas entre la matinée et la soirée. Qui c'est qui m'a mangé tous mes réglisses? Ah! tonton, ça ne va plus aller nous deux! Vous me les remplacerez, au moins?

— Gilberte, de la tenue! gronda Mme Alvarez. Descends tes genoux. Tu crois que Gaston a le temps de s'occuper de tes réglisses? Tire ta jupe. Gaston, voulez-vous que je la renvoie dans sa chambre?

Le fils Lachaille, les yeux sur le jeu de cartes usagé que maniait Gilberte, luttait contre une terrible envie de pleurer un peu, de raconter ses malheurs, de s'endormir dans le vieux fauteuil, et de jouer au piquet.

— Laissez-la, cette petite. Ici, je respire. Je me repose... Gigi, je te joue dix kilos de sucre.

— C'est guère appétissant, votre sucre. J'aime mieux des bonbons.

— C'est la même chose. Et le sucre est plus sain que les bonbons.

— Vous le dites parce que c'est vous qui le fabriquez.

— Gilberte, tu perds le respect!

Les yeux désolés de Gaston Lachaille sou-rirent :

— Laissez-la dire, Mamita... Et si je perds, Gigi, qu'est-ce que tu veux? Des bas de soie?

La grosse bouche enfantine de Gilberte s'attrista :

— Les bas de soie, ça me donne des déman-geaisons. J'aimerais mieux...

Elle leva vers le plafond sa figure d'ange camard, pencha la tête, versa d'une joue sur l'autre joue les boucles de ses cheveux :

— J'aimerais mieux un corset Perséphone vert nil avec les jarretelles brodées en roses rococo... Non, plutôt un rouleau à musique.

— Tu travailles la musique ?

— Non, mais mes camarades du cours supérieur mettent leurs cahiers dans des rouleaux à musique parce que ça fait élève du Conservatoire.

— Gilberte, tu frises l'indiscrétion, dit Mme Alvarez.

— Tu auras ton rouleau et tes réglisses. Coupe, Gigi.

L'instant d'après, le fils Lachaille-les-sucres disputait ardemment les enjeux. Son nez important qui sonnait le creux, ses yeux un peu nègres n'intimidaient pas sa partenaire qui, accoudée, les épaules au niveau des oreilles, le bleu des yeux et le rouge des joues exaspérés, ressemblait à un page saoul. Tous deux jouaient passionnément et à petit bruit, échangeaient des injures sourdes. « Grande araignée, oseille en graine », disait Lachaille. « Nez de corbeau », repartait la petite. Le crépuscule de mars descendit sur la rue étroite.

— Ce n'est pas pour vous faire fuir, Gaston, dit Mme Alvarez, mais il est sept heures et demie. Vous permettez que j'aille un instant voir à notre dîner ?

— Sept heures et demie ! s'écria Lachaille, et moi qui dîne chez Larue avec de Dion, Feydeau et un Barthou ! Le dernier tour, Gigi.

— Pourquoi un Barthou ? demanda Gilberte. Il y en a plusieurs, des Barthous ?

— Deux. Un qui est joli garçon et l'autre qui l'est moins. Le plus connu, c'est le moins joli garçon.

— Ce n'est pas juste, dit Gilberte. Et Feydeau qu'est-ce que c'est?

Lachaille, de stupeur, déposa ses cartes.

— Ça, par exemple!... Elle ne connaît pas Feydeau! Tu ne vas donc jamais au théâtre?

— Presque jamais, tonton.

— Tu n'aimes pas le théâtre?

— Pas follement. Et grand-mère et tante Alicia disent que le théâtre empêche de penser au sérieux de la vie. Ne redites pas à grand-mère que je vous l'ai dit.

Elle souleva sur ses oreilles le flot de ses cheveux, et les laissa retomber en soufflant : « Phou! ce que ça me tient chaud, cette fourrure! »

— Et qu'est-ce qu'elles appellent le sérieux de la vie?

— Oh! je ne le sais pas par cœur, tonton Gaston. Et elles ne sont pas toujours d'accord là-dessus. Grand-mère me dit : « Défense de lire des romans, ça donne le cafard. Défense de mettre de la poudre, ça gâte le teint. Défense de porter un corset, ça gâte la taille; défense de s'arrêter seule aux vitrines des magasins... Défense de connaître les familles des camarades de cours, surtout les pères qui viennent chercher leurs filles à la sortie du cours... »

Elle parlait vite, en respirant entre les mots comme les enfants qui ont couru.

— Là-dessus, voilà tante Alicia qui y va d'un autre son de cloche! Et j'ai passé l'âge du corset-brassière, et je dois prendre des leçons de danse et de maintien, et je dois me tenir au courant et savoir ce que c'est qu'un carat, et ne pas m'en laisser mettre plein la vue par le chic des artistes. « C'est bien simple, qu'elle me dit : de toutes les robes que tu vois sur la scène, il n'y en a pas une

sur vingt qui ne serait pas ridicule au pesage... »
Enfin, j'en ai la tête qui éclate... Qu'est-ce que
vous mangerez ce soir chez Larue, tonton ?

— Est-ce que je sais ! Des filets de soles aux
moules, pour changer. Et une selle d'agneau aux
truffes, naturellement... Grouille, Gigi. J'ai cinq
cartes.

— Et vous tombez sur un bec de gaz. J'ai un
jeu de voleur. Ici, on mangera le reste du cassoulet réchauffé. J'aime bien le cassoulet.

— C'est   simplement   du   cassoulet   aux
couennes, dit avec modestie Inés Alvarez qui ren-
trait. L'oie n'était pas abordable, cette semaine.

— Je vous en ferai envoyer une, de Bon-Abri,
dit Gaston.

— Merci   beaucoup,   Gaston.   Gigi,   aide
M. Lachaille à passer son pardessus. Donne-lui
sa canne et son chapeau.

Quand Lachaille partit maussade, flairant et
regrettant le cassoulet réchauffé, Mme Alvarez se
tourna vers sa petite-fille.

— Veux-tu me dire, Gilberte, pourquoi tu es
revenue si tôt de chez tante Alicia ? Je ne te l'ai
pas demandé devant Gaston parce qu'il ne faut
jamais agiter des questions de famille devant un
tiers, souviens-t'en.

— C'est pas sorcier, grand-mère. Tante Alicia
avait sa petite dentelle sur la tête en signe de
migraine. Elle me dit : « Ça ne va pas. » Je lui
dis : « Oh ! alors je ne veux pas te fatiguer, je
retourne chez nous. » Elle me dit : « Repose-toi
cinq minutes. — Oh ! je lui dis, je ne suis pas fatiguée, je suis venue en voiture. — En voiture ! »
elle me dit, en levant ses mains comme ça. J'avais
gardé l'auto deux minutes pour la montrer à
tante Alicia, tu penses. « Oui, je lui dis, la de-

Dion-Bouton-quatre-places-décapotable que tonton m'a prêtée pendant qu'il est chez nous. Il est
fâché avec Liane. — À qui crois-tu donc parler?
qu'elle me fait. Je ne suis pas encore au tombeau
pour ignorer les choses qui sont de notoriété
publique. Je le sais, qu'il est fâché avec ce grand
candélabre. Eh bien, retourne chez vous, au lieu
de t'ennuyer avec une pauvre vieille femme
malade comme moi. » Elle m'a fait au revoir par
la fenêtre quand je suis montée en voiture.

Mme Alvarez pinçait la bouche :

— Une pauvre vieille femme malade! Elle qui
n'a seulement jamais été enrhumée de sa vie!
Quel front! Quel...

— Grand-mère, tu crois qu'il y pensera, à mes
réglisses et à mon rouleau?

Mme Alvarez leva vers le plafond son regard
lent et lourd.

— Peut-être, mon enfant, peut-être.

— Mais puisqu'il a perdu, il me les doit?

— Oui. Oui, il te les doit. Peut-être les auras-tu
tout de même. Passe ton tablier et mets le couvert. Range tes cartes.

— Oui, grand-mère... Grand-mère, qu'est-ce
qu'il t'a dit de Mme Liane? C'est vrai qu'elle s'est
carapatée avec Sandomir et le collier?

— D'abord on ne dit pas « s'est carapatée ».
Ensuite viens que je serre ton catogan, pour que
tu ne trempes pas tes boucles dans ton potage. Et
troisièmement tu n'as pas à connaître les faits et
gestes d'une personne qui a agi contrairement au
savoir-vivre. Ce sont des histoires intimes de
Gaston.

— Mais, grand-mère, elles ne sont pas intimes
puisque tout le monde en parle et que c'est dans
le *Gil Blas*.

— Silence! Qu'il te suffise de savoir que la
conduite de Mme Liane d'Exelmans a été à
rebours du sens commun. Le jambon pour ta
mère est entre deux assiettes, tu le laisseras au
frais.

Gilberte dormait lorsque sa mère — Andrée
Alvar, en petits caractères, sur les affiches de
l'Opéra-Comique — rentra. Mme Alvarez mère,
attablée à une patience, lui demanda par habitude si elle n'était pas trop fatiguée. Pour obéir
aux us de la politesse familiale, Andrée lui repro-
cha d'avoir veillé pour l'attendre, et Mme Alvarez
répliqua rituellement :

— Je ne dormirais pas tranquille si je ne te
savais pas rentrée. Il y a du jambon, et un petit
bol de cassoulet chaud. Et des pruneaux cuits. La
bière est sur la fenêtre.

— La petite est couchée?

— Bien entendu.

Andrée Alvar mangea solidement, en témoi-
gnant d'un appétit pessimiste. Les fards la rendaient encore très jolie; mais démaquillée elle
avait le bord des yeux rose et la bouche décolo-
rée. Aussi tante Alicia affirmait-elle que les succès d'Andrée sur la scène ne la suivaient pas à la
ville.

— Tu as bien chanté, ma fille?

Andrée haussa les épaules.

— Oui, j'ai bien chanté. Ça m'avance à quoi? Il
n'y en a que pour Tiphaine, tu penses bien. Ah! la
la... Comment est-ce que je supporte une vie
pareille...

— Tu l'as choisie. Mais tu la supporterais
mieux, dit sentencieusement Mme Alvarez, si tu
avais quelqu'un. C'est ta solitude qui te remonte

dans les nerfs, et qui te fait voir tout en noir. Tu es anormale.

— Oh! maman, ne recommençons pas, je suis déjà bien assez fatiguée... Qu'est-ce qu'il y a de nouveau?

— Rien. On ne parle que de la rupture de Gaston avec Liane.

— Je te crois qu'on en parle, jusque sur le plateau de l'Opéra-Comique, qui n'est pourtant guère moderne.

— C'est un événement mondial, dit Mme Alvarez.

— Est-ce qu'il y a déjà des pronostics?

— Tu n'y penses pas! C'est trop récent. Il est en pleine désolation. Crois-tu qu'à huit heures moins le quart, il était assis là où tu es, en train de faire un piquet avec Gigi? Il dit qu'il ne veut pas aller à la fête des Fleurs.

— Non?

— Si. S'il n'y va pas, ce sera universellement remarqué. Je lui ai conseillé de réfléchir avant de prendre une décision pareille.

— Au théâtre, dit Andrée, ils disaient qu'une artiste de music-hall aurait des chances, une nommée la Cobra, de l'Olympia. Il paraît qu'elle fait un numéro d'acrobatie où on l'apporte sur la scène dans un panier pas plus grand que pour un fox-terrier, et elle en sort en se déroulant comme un serpent.

Mme Alvarez avança par dédain sa large lèvre inférieure :

— Gaston Lachaille n'en est tout de même pas aux artistes de music-hall. Rends-lui cette justice qu'il s'en est toujours tenu, comme doit le faire un célibataire de sa situation, aux grandes demi-mondaines.

— De belles vaches, murmura Andrée.

— Mesure tes paroles, ma fille. D'appeler les choses et les personnes par leur nom, ça n'a jamais avancé à rien. Les maîtresses de Gaston avaient de la branche. Une liaison avec une grande demi-mondaine, c'est la seule manière convenable pour lui d'attendre un grand mariage, à supposer qu'il se marie un jour. En tout cas, nous sommes aux premières loges pour être informées quand il y aura du nouveau. Gaston a une telle confiance en moi ! Je voudrais que tu l'aies vu me demander une camomille... Un enfant, un véritable enfant. D'ailleurs, il n'a que trente-trois ans. Et quel poids que cette fortune sur ses épaules !

Andrée cligna ses paupières roses avec ironie.

— Plains-le, maman, pendant que tu y es. Ce n'est pas pour réclamer, mais, depuis le temps que nous connaissons Gaston, il ne t'a guère montré que sa confiance.

— Il ne nous doit rien. Et nous avons toujours eu par lui du sucre pour nos confitures et pour mon curaçao, de temps en temps, et une volaille de ses fermes, et des attentions pour la petite.

— Si tu es contente avec ça...

Mme Alvarez leva haut sa tête majestueuse :

— Parfaitement, je suis contente avec ça. D'autant plus que si je ne l'étais pas, ça n'y changerait rien.

— En somme, pour nous, ce Gaston Lachaille, qui est si riche, c'est comme s'il ne l'était pas. Si nous étions dans le besoin, est-ce qu'il nous en tirerait, seulement ?

Mme Alvarez posa sa main sur son cœur.

— J'en suis convaincue, dit-elle.

Elle réfléchit et ajouta :

— Mais j'aime mieux ne pas avoir à le lui demander.

Andrée reprit *Le Journal*, qui donnait la photographie de la délaissée :

— En la regardant bien, elle n'est pas extraordinaire.

— Si, repartit Mme Alvarez, elle est extraordinaire. La preuve, c'est qu'elle a une renommée pareille. La renommée et les succès, ce n'est pas un effet du hasard. Tu raisonnes comme ces écervelées qui disent : « Moi, ça m'irait aussi bien qu'à Mme de Pougy, un collier à sept rangs. Et je mènerais parfaitement la grande vie aussi bien qu'elle. » Ça me fait hausser les épaules. Emporte le reste de camomille pour baigner tes yeux.

— Merci, maman. La petite a été chez tante Alicia ?

— Et dans la propre automobile de Gaston, encore. Il la lui a prêtée. Une voiture qui fait peut-être du soixante à l'heure ! Elle était aux anges.

— Pauvre choute, je me demande ce qu'elle fera dans la vie. Elle est capable de finir mannequin, ou vendeuse. Elle est comme en retard. Moi, à son âge...

Mme Alvarez posa sur sa fille un regard lourd d'équité :

— Ne te vante pas trop de ce que tu faisais à son âge. Si mes souvenirs sont exacts, à son âge, tu disais zut à M. Mennesson, tout minotier qu'il était, tout disposé qu'il était à te faire ton sort, et tu t'en allais avec un petit professeur de solfège...

Andrée Alvar baisa les bandeaux brillantinés de sa mère :

— Ma petite maman, ne me maudis pas à cette heure-ci, j'ai tellement sommeil... Bonne nuit, maman. J'ai répétition à midi trois quarts, demain. Je mangerai à la crèmerie chaude, pendant la pause, ne t'inquiète pas de moi.

En bâillant longuement, elle traversa sans lumière la petite chambre où dormait sa fille. Elle n'entrevit de Gilberte, dans la pénombre, qu'un buisson de cheveux et le galon russe d'une chemise de nuit. Elle s'enferma dans le cabinet de toilette exigu et, en dépit de l'heure avancée, alluma le gaz sous une bouillotte pleine d'eau. Car Mme Alvarez avait fortement inculqué à sa descendance, entre autres vertus, le respect de certains rites et de maximes telles que : « La figure, tu peux à la rigueur la remettre au lendemain matin, en cas d'urgence et de voyage. Tandis que le soin du bas du corps, c'est la dignité de la femme. »

Couchée la dernière, Mme Alvarez se levait la première et ne souffrait pas que la femme de ménage touchât au café matinal. Elle dormait dans la salle à manger-salon, sur le divan praticable, et ouvrait, la demie de sept heures sonnant, aux journaux, au litre de lait et à la femme de ménage, l'une portant les autres. À huit heures, elle avait déjà quitté ses épingles à onduler et lissé ses beaux bandeaux. À neuf heures moins dix, Gilberte partait pour son cours, nette et les cheveux brossés. À dix heures, Mme Alvarez « pensait » au déjeuner, c'est-à-dire qu'elle endossait son caoutchouc et, passant à son bras l'anse du filet, s'en allait au marché.

Ce jour-là, comme les autres jours, elle s'assura que Gilberte ne serait pas en retard, posa tout bouillants sur la table le pot de café et le pot de lait et déplia le journal en attendant Gilberte, qui entra fraîche, fleurant l'eau de lavande, encore un peu ensommeillée. Un cri de Mme Alvarez acheva de l'éveiller.

— Appelle ta mère, Gigi! Liane d'Exelmans s'est suicidée.

— Ooooh!..., s'écria longuement la petite. Elle est morte?

— Que non! Elle connaît son affaire.

— Qu'est-ce qu'elle a pris, grand-mère? Un revolver?

Mme Alvarez regarda sa petite-fille d'un air de commisération :

— Tu n'y penses pas. Du laudanum, comme d'habitude : *Sans pouvoir répondre encore des jours de la belle désespérée, les docteurs Morèze et Pelledoux, qui ne quittent pas son chevet, ont émis un diagnostic rassurant...* Mon diagnostic à moi, c'est que Mme d'Exelmans, à ce jeu-là, finira par se détériorer l'estomac.

— L'autre fois, grand-mère, c'était pour le prince Georgevitch, n'est-ce pas, qu'elle s'est tuée?

— Où as-tu la tête, ma chérie? C'était pour le comte Berthou de Sauveterre.

— Ah! oui, c'est vrai... Alors, qu'est-ce qu'il va faire, maintenant, tonton?

Les vastes yeux de Mme Alvarez rêvèrent un moment :

— C'est pile ou face, mon enfant. Nous le saurons bientôt, même s'il commence par refuser toutes les interviews. Il faut toujours commencer par refuser toutes les interviews. Après, on remplit les journaux. Dis à la concierge qu'elle nous prenne ceux du soir. As-tu assez mangé, au moins? Tu as pris ta seconde tasse de lait, tes deux tartines? Gante-toi avant de sortir. Ne t'attarde pas en route. Je vais réveiller ta mère. Quelle histoire!... Andrée, tu dors? Ah! tu es levée? Andrée, Liane s'est suicidée.

— Pour changer, grommela Andrée. Elle n'a qu'une idée dans la tête, celle-là, mais elle y tient.

— Tu n'as pas encore quitté tes bigoudis, Andrée?

— Pour que je sois défrisée à la répétition, merci!

Mme Alvarez toisa sa fille, des bigoudis cornus aux pantoufles de feutre :

— On voit que tu n'as pas à craindre le regard de l'homme, ma fille. La présence d'un homme, ça vous guérit une femme de porter peignoir et savates. Quelle histoire que ce suicide! Elle s'est ratée, bien entendu.

La bouche pâle d'Andrée fit un sourire de mépris :

— On commence à en avoir par-dessus les oreilles de ses purges au laudanum, à celle-là!

— Aussi, ce n'est pas elle qui est intéressante, c'est le fils Lachaille. C'est la première fois que ça lui arrive. Il a déjà eu, voyons... Il a eu Gentiane qui lui a volé des papiers, et puis cette étrangère qui voulait se faire épouser de force, mais Liane est sa première suicidée. Dans un cas pareil, un homme aussi marquant doit choisir avec beaucoup de précautions son attitude!

— Lui? Il va crever d'orgueil, tu penses.

— Il y a de quoi, dit Mme Alvarez. Nous verrons de grandes choses sous peu. Je me demande ce que dira Alicia sur un événement pareil...

— Elle essaiera de faire battre quelques montagnes.

— Alicia n'est pas un ange. Mais je dois reconnaître qu'elle a des vues qui vont loin. Et sans même quitter sa chambre!

— Elle n'a pas besoin de la quitter, puisqu'elle a le téléphone. Maman, tu ne veux pas qu'on le fasse mettre, le téléphone?

— C'est une dépense, dit soucieusement Mme Alvarez. Nous sommes déjà très juste... Le téléphone n'est vraiment utile qu'aux hommes qui font de grosses affaires et aux femmes qui ont quelque chose à dissimuler. Tu changerais d'existence — c'est une supposition —, Gigi entrerait dans la vie... Je serais la première à dire : « Mettons le téléphone. » Mais nous n'en sommes pas là, malheureusement.

Elle se permit un soupir, se ganta de caoutchouc et vaqua sans tristesse aux soins du ménage. Grâce à elle, l'appartement modeste vieillissait sans trop déchoir. De sa vie passée, elle gardait les habitudes honorables des femmes sans honneur, et les enseignait à sa fille et à la fille de sa fille. Les draps ne restaient aux lits que dix jours, et la femme de ménage-laveuse-repasseuse racontait bien haut que chez Mme Alvarez, on n'avait pas le temps de voir passer les chemises et les pantalons de ces dames, ni les serviettes de table. Au cri inopiné de « Gigi, déchausse-toi ! » Gilberte devait quitter souliers et bas, fournir à toute enquête des pieds blancs, des ongles bien taillés, et dénoncer la moindre menace de durillon.

La semaine qui suivit le suicide de Mme d'Exelmans, le fils Lachaille se mit à réagir avec quelque incohérence. Il donna dans son hôtel une fête de nuit où dansèrent les étoiles de l'Académie nationale de musique, et fit, pour un souper, ouvrir le restaurant du Pré-Catelan quinze jours avant la date habituelle. Footit et Chocolat y jouèrent un intermède. Entre les

tables du souper, Rita del Erido caracola à cheval, en jupe-culotte à volants de dentelle blanche,
un chapeau blanc sur ses cheveux noirs, des
plumes d'autruche blanches écumant autour de
son visage implacablement beau, si beau que
Paris s'y trompa et annonça que Gaston
Lachaille la hissait (à califourchon) sur un trône
de sucre. Mais vingt-quatre heures plus tard,
Paris se détrompait. Le *Gil Blas*, pour avoir
donné de faux pronostics, faillit perdre la sub-
vention que lui consentait Gaston Lachaille. Un
hebdomadaire spécialisé, *Paris en amour*,
annonça une autre fausse piste sous le titre : *Une
jeune et richissime Yankee ne déguise pas son pen-
chant pour le sucre français*.

Cependant, un rire d'incrédulité secouait la
gorge abondante de Mme Alvarez lorsqu'elle
lisait les journaux. Car elle tenait ses certitudes
de Gaston Lachaille lui-même, qui trouva le
temps, deux fois en dix jours, de venir quêter une
camomille et d'accoter, au dossier du fauteuil en
conque, sa lassitude d'industriel et sa
mécontente humeur d'homme seul. Même, il
apporta à Gigi un rouleau à musique ridicule en
cuir de Russie à fermoir de vermeil et vingt
boîtes de réglisse. Mme Alvarez eut un foie gras
et six bouteilles de champagne, munificences sur
lesquelles tonton Lachaille préleva sa part en
s'invitant à dîner. Gilberte, un peu grise, raconta
pendant le repas les potins de son cours supplémentaire et gagna au piquet le porte-mine en or
de Gaston. Il perdit de bonne grâce, s'anima, rit
en désignant la petite à Mme Alvarez : « Mon
meilleur copain, le voilà ! » Et les yeux espagnols
de Mme Alvarez allaient, pleins d'une lente et
vigilante attention, des joues rouges et des dents

blanches de Gigi au fils Lachaille qui lui tirait les cheveux à poignées : « Bougresse, tu l'avais dans ta manche, le quatrième roi ! »

Andrée rentra de l'Opéra-Comique sur ces entrefaites, regarda la tête décoiffée de Gigi qui roulait sur la manche de Lachaille, et les beaux yeux bleu d'ardoise qui pleuraient des larmes de fou rire... Elle ne trouva point de paroles et accepta un verre de champagne, puis un autre verre, et encore un autre verre. Mais comme elle manifestait l'intention, après le troisième verre, de faire entendre à Gaston Lachaille l'air des clochettes de *Lakmé*, sa mère la conduisit à son lit.

Le lendemain, personne ne parlait de cette soirée familiale, hors Gilberte qui s'exclamait : « Jamais, jamais de ma vie, je n'ai tant ri ! Et il est en or, le porte-mine ! » Son expansion rencontrait un silence étrange, ou bien des « Allons, Gigi, sois un peu sérieuse ! » jetés comme distraitement.

Puis Gaston Lachaille fut une quinzaine sans donner signe de vie ni de présence, et la famille Alvarez ne se documenta que par les journaux.

— Tu as vu, Andrée ? On a signalé dans les échos mondains le départ de M. Gaston Lachaille pour Monte-Carlo. *Une sorte de mystère sentimental, que nous respecterons, semble environner ce départ*... Qu'ils disent !

— Grand-mère, crois-tu, au cours de danse, Lydie Poret disait que Liane était partie par le même train que tonton, mais dans un autre compartiment ! Grand-mère, tu crois que c'est vrai ?

Mme Alvarez haussait les épaules :

— Si c'est vrai, comment ces Poret le sauraient-elles ? Elles sont en relations avec M. Lachaille, maintenant ?

— Non, mais Lydie Poret l'a entendu dire dans la loge de sa tante qui est de la Comédie-Française.

Mme Alvarez échangea un regard avec sa fille.

— Dans la loge! J'en entends, dit Mme Alvarez.

Car elle tenait en mépris le métier d'artiste, en dépit du sévère emploi d'Andrée. Lorsque Mme Émilienne d'Alençon avait décidé de faire évoluer des lapins savants, lorsque Mme de Pougy, plus timide en scène qu'une jeune fille, s'était divertie à mimer un rôle de Colombine en tulle noir pailleté, Mme Alvarez les avait toutes deux flétries d'un seul mot : « Comment, elles en sont là ? »

— Grand-mère, dis, grand-mère, reprit Gilberte, tu le connais, le prince Radziwill ?

— Qu'est-ce qu'elle a, aujourd'hui, cette enfant ? Elle est mangée des mouches ? Quel prince Radziwill, d'abord ? Il n'y en a pas qu'un.

— Je ne sais pas, dit Gigi. Un qui se marie. Il y a sur la liste des cadeaux : « ... trois garnitures de bureau en malachite... » Qu'est-ce que c'est, malachite ?

— Eh ! Tu nous ennuies ! Du moment qu'il se marie, il n'est pas intéressant.

— Mais si tonton Gaston se mariait, il ne serait pas intéressant non plus ?

— Ça dépend. Ça serait intéressant s'il épousait sa maîtresse. Quand le prince Cheniaguine a épousé Valentine d'Aigreville, on a bien compris qu'il ne voulait pas d'autre vie que celle qu'elle lui faisait depuis quinze ans, c'est-à-dire les scènes, les assiettes jetées contre le mur, les réconciliations en plein restaurant Durand, place de la Madeleine. On a compris que c'est une femme

qui savait se faire apprécier. Mais tout ça, c'est
bien compliqué pour toi, ma pauvre Gigi...

— Et tu crois que c'est pour épouser Liane
qu'ils seraient partis ensemble?

Mme Alvarez appuya son front à la vitre, parut
interroger le soleil de printemps qui dotait la rue
d'une moitié chaude et d'une moitié fraîche :

— Non, dit-elle. Ou bien, je ne connais plus
rien à rien. J'ai besoin de parler à Alicia. Gigi,
accompagne-moi jusque chez elle, tu m'y laisseras et tu reviendras par les quais. Ça te fera
prendre l'air, puisque, maintenant, il paraît qu'il
faut prendre l'air. Je n'ai jamais pris l'air que
deux fois par an, à Cabourg et à Monte-Carlo,
moi. Et je ne m'en porte pas plus mal.

Ce jour-là, Mme Alvarez rentra si tard que la
famille dîna de potage tiède et de viande froide,
et de gâteaux envoyés par tante Alicia. Elle
opposa aux « qu'est-ce qu'elle raconte? » de Gilberte un front de beurre glacé et des réponses
d'airain :

— Elle raconte qu'elle va t'apprendre à manger des ortolans.

— Chic! s'écria Gilberte. Et qu'est-ce qu'elle a
dit pour ma robe d'été qu'elle m'a promise?

— Elle a dit qu'elle verrait. Et que tu n'aurais
pas sujet d'être mécontente.

— Ah! dit tristement Gilberte.

— Elle recommande aussi que tu viennes
déjeuner chez elle jeudi, midi tapant.

— Avec toi, grand-mère?

Mme Alvarez regarda la longue enfant assise
en face d'elle, les pommettes hautes et roses sous
les yeux bleus comme le soir, les dents épaisses
qui mordaient les lèvres fraîches et fendillées, la
sauvage abondance des cheveux cendrés :

— Non, dit-elle enfin. Sans moi.

Gilberte se leva, lui passa un bras autour du cou :

— Comme tu dis ça... Grand-mère, tu ne vas pas me mettre en pension chez tante Alicia, au moins ? Je ne veux pas quitter d'ici, grand-mère !

Mme Alvarez s'enroua, toussa, sourit :

— Mon Dieu, que cette enfant est bête ! Quitter d'ici ! Ah ! mon pauvre Gigi, ce n'est pas pour t'en faire reproche, mais tu n'en prends guère le chemin !

Tante Alicia, pour cordon de sonnette, avait suspendu à sa porte un galon de perles, sur le fond duquel couraient des feuilles de vigne vertes et des raisins violets. La porte elle-même, vernie, revernie et comme mouillée, brillait d'un éclat de sombre caramel. Dès le seuil, qu'ouvrait un « domestique mâle », Gilberte goûtait sans discernement une atmosphère de luxe discret. Le tapis, recouvert lui-même de tapis de Perse, lui donnait des ailes. Mme Alvarez ayant décrété que le petit salon Louis XV de sa sœur était « l'ennui même », Gilberte répétait : « Le salon de tante Alicia est très joli, mais c'est l'ennui même ! » et elle réservait sa considération pour une salle à manger en citronnier pâle, datant du Directoire, blonde et sans incrustations, parée des seules veines d'un bois transparent comme la cire. « Je m'en achèterai une comme ça plus tard », disait innocemment Gilberte.

— C'est ça, au faubourg Antoine, raillait tante Alicia en souriant d'une bouche fine, ornée de petites dents qu'on entrevoyait par éclairs.

Elle avait soixante-dix ans et des goûts personnels, une chambre à coucher gris d'argent à vases de Chine rouges, une salle de bains étroite et blanche, chaude comme une serre, une santé robuste qu'elle cachait sous des affectations de fragilité. Les hommes de sa génération, quand ils voulaient dépeindre Alicia de Saint-Efflam, se perdaient dans des « Ah ! mon cher !... », des « Rien ne peut donner une idée... ». Ceux qui avaient été ses intimes montraient des photographies que les jeunes gens trouvaient médiocres : « Vraiment, elle était très jolie ? On ne croirait pas, sur la photo... » D'anciens amoureux rêvaient un moment devant ses portraits, reconnaissaient un poignet ployé en cou de cygne, une petite oreille, un profil où se révélait le rapport délicieux entre une bouche façonnée en cœur et l'angle très ouvert des paupières à longs cils...

Gilberte embrassa la jolie vieille dame, qui portait sur ses cheveux blancs une pointe en chantilly noir et sur son corps, un peu tassé, une robe d'intérieur en taffetas changeant.

— Tu as ta migraine, tante Alicia ?

— Je ne sais pas encore, répondit tante Alicia, ça dépendra du déjeuner. Viens vite, les œufs sont prêts. Quitte ton manteau. Qu'est-ce que c'est que cette robe ?

— Une à maman, qu'on m'a refaite. C'est des œufs difficiles, ce matin ?

— Du tout. Œufs brouillés aux croûtons. Les ortolans non plus ne sont pas difficiles. Et tu auras de la crème au chocolat. Moi aussi, j'en aurai.

La voix jeune, les rides clémentes rehaussées de rose, une dentelle sur ses cheveux blancs, tante Alicia jouait les marquises de théâtre. Gilberte révérait sa tante en bloc. En s'attablant, elle tira sa jupe sous son séant, joignit les genoux, rapprocha ses coudes de ses flancs en effaçant les omoplates et ressembla à une jeune fille. Elle savait sa leçon, rompait délicatement son pain, mangeait la bouche close, se gardait, en découpant sa viande, d'avancer l'index sur le dos de la lame. Un catogan serré sur la nuque découvrait les frais abords du front et des oreilles et le cou singulièrement puissant dans l'encolure, un peu ratée, de la robe refaite, d'un bleu morne, à corsage froncé sur un empiècement, rafistolage sur lequel on avait cousu, pour l'égayer, trois rangs de galons mohair au bord de la jupe et trois fois trois galons mohair sur les manches, entre le poignet et l'épaule.

Tante Alicia, en face de sa nièce, l'épiait de son bel œil bleu-noir, sans trouver rien à redire.

— Quel âge as-tu? demanda-t-elle brusquement.

— Mais comme l'autre jour, tante. Quinze ans six mois. Tante, qu'est-ce que tu en penses, toi, de cette histoire de tonton Gaston?

— Pourquoi? Ça t'intéresse?

— Bien sûr, tante. Ça m'ennuie. Si tonton se remet avec une autre dame, il ne viendra plus jouer au piquet à la maison ni boire de la camomille, au moins pendant quelque temps. Ce sera dommage.

— C'est un point de vue, évidemment...

Tante Alicia, les paupières clignées, regardait sa nièce d'une manière critique.

— Tu travailles, à tes cours? Qui as-tu comme amies? Les ortolans, coupe-les en deux, d'un coup de couteau bien assuré qui ne fasse pas grincer la lame sur l'assiette. Croque chaque moitié. Les os ne comptent pas. Réponds à ma question sans t'arrêter de manger et pourtant

sans parler la bouche pleine. Arrange-toi. Puisque je le fais, tu peux le faire. Qui as-tu comme
amies ?

— Personne, tante. Grand-mère ne me permet
même pas d'aller goûter chez des parents de mes
camarades de cours.

— Elle a raison. Dehors, tu n'as personne dans
tes jupes ? Pas de surnuméraire à serviette sous le
bras ? Pas de collégien ? Pas d'homme mûr ? Je te
préviens que si tu me mens je le saurai.

Gilberte contemplait le brillant visage de vieille
femme autoritaire, qui l'interrogeait avec âpreté.

— Mais non, tante, personne. Est-ce qu'on t'a
parlé de moi en mal ? Je suis toujours toute seule.
Et pourquoi grand-mère m'empêche-t-elle
d'accepter des invitations ?

— Elle a raison, pour une fois. Tu ne serais
invitée que par des gens ordinaires, c'est-à-dire
inutiles.

— Nous ne sommes pas des gens ordinaires,
nous ?

— Non.

— Qu'est-ce qu'ils ont de moins que nous, les
gens ordinaires ?

— Ils ont la tête faible et le corps dévergondé.
En outre, ils sont mariés. Mais je ne crois pas
que tu comprennes.

— Si, tante, je comprends que nous, nous ne
nous marions pas.

— Le mariage ne nous est pas interdit. Au lieu
de se marier « déjà », il arrive qu'on se marie
« enfin ».

— Mais est-ce que ça m'empêche de fréquen-
ter des jeunes filles de mon âge ?

— Oui. Tu t'ennuies chez toi ? Ennuie-toi un
peu. Ce n'est pas mauvais. L'ennui aide aux déci-

sions. Qu'est-ce que c'est ? Une larme ? Une larme
de petite sotte, qui n'est pas en avance pour son
âge. Reprends un ortolan.

Tante Alicia étreignit, de trois doigts étince-
lants, le pied de son verre, qu'elle leva :

— À nos santés, Gigi ! Tu auras une khédive
avec ta tasse de café. À la condition que je ne voie
pas le bout de ta cigarette mouillé, et que tu
fumes sans crachoter des brins de tabac en fai-
sant *ptu, ptu*... Je te donnerai aussi un mot pour
une première de chez Béchoff-David, une
ancienne camarade qui n'a pas réussi. Ta garde-
robe va changer. Qui ne risque rien n'a rien.

Les yeux bleu foncé brillèrent. Gilberte bégaya
de joie.

— Tante ! Tante ! De chez... De chez Bé...

— ... choff-David. Mais je croyais que tu
n'étais pas coquette ?

Gilberte rougit.

— Tante, je ne suis pas coquette pour les robes
qu'on me fait à la maison.

— Je comprends ça. Auras-tu du goût ? Quand
tu penses à te faire belle, comment te vois-tu ?

— Oh ! mais je sais très bien ce qui m'irait,
tante ! J'ai vu...

— Explique-toi sans gestes. Dès que tu gesti-
cules, tu fais commun.

— J'ai vu une robe... Oh ! une robe créée pour
Mme Lucy Gérard... Des centaines de petits plis
en mousseline de soie gris perle, du haut en bas...
Et puis une robe de drap découpé, bleu lavande,
sur un fond de velours noir, le dessin découpé
fait comme une queue de paon sur la traîne...

La petite main aux belles pierreries brilla dans
l'air :

— Assez, assez ! Je vois que tu aurais des tendances à t'habiller comme une grande coquette du Français — et tu prends ça pour un compliment. Viens verser le café. Et sans relever le bec de la cafetière d'un coup de poignet pour couper la goutte. J'aime encore mieux un bain de pieds dans la soucoupe que des virtuosités de garçon de café.

L'heure qui suivit parut courte à Gilberte : tante Alicia avait entrouvert un coffret à bijoux, pour une leçon éblouissante.

— Qu'est-ce que c'est que ça, Gigi ?

— Un diamant navette.

— On dit : un brillant navette. Et ça ?

— Une topaze.

Tante Alicia leva ses mains que le soleil, ricochant sur ses bagues, éclaboussa de bluettes :

— Une topaze ! J'ai enduré bien des humiliations, mais celle-là dépasse tout. Une topaze parmi mes bijoux ! Pourquoi pas une aiguemarine ou un péridot ? C'est un brillant jonquille, petite dinde, et tu n'en verras pas souvent de pareils. Et ça ?

Gilberte entrouvrit la bouche, devint rêveuse :

— Oh ! ça, c'est une émeraude... Oh ! c'est beau !

Tante Alicia passa la grande émeraude carrée à son doigt mince et se tut un moment.

— Tu vois, dit-elle à mi-voix, ce feu presque bleu qui court au fond de la lumière verte... Seules les plus belles émeraudes contiennent ce miracle de bleu insaisissable...

— Qui te l'a donnée, tante ? osa demander Gilberte.

— Un roi, dit simplement tante Alicia.

— Un grand roi ?

— Non, un petit. Les grands rois ne donnent pas de très belles pierres.

Tante Alicia montra fugitivement le blanc de ses dents étroites :

— Si tu veux mon opinion, c'est parce qu'ils n'aiment pas ça. Entre nous, les petits non plus.

— Alors, qui donne les très belles pierres ?

— Qui ? Les timides. Les orgueilleux aussi. Les mufles, parce qu'ils croient qu'en donnant un bijou monstre ils font preuve de bonne éducation. Quelquefois une femme, pour humilier un homme. Ne porte pas de bijoux de second ordre, attends que viennent ceux de premier ordre.

— Et s'ils ne viennent pas ?

— Tant pis. Plutôt qu'un mauvais diamant de trois mille francs, porte une bague de cent sous. Dans ce cas-là tu dis : « C'est un souvenir, je ne la quitte ni jour ni nuit. » Ne porte jamais de bijoux artistiques, ça déconsidère complètement une femme.

— C'est quoi, un bijou artistique ?

— Ça dépend. C'est une sirène en or, avec des yeux en chrysoprase. C'est un scarabée égyptien. Une grosse améthyste gravée. Un bracelet pas très lourd mais dont on dit qu'il est ciselé de main de maître. Une lyre, une étoile montée en broche. Une tortue incrustée. Enfin des horreurs. Ne porte pas de perles baroques, même en épingles à chapeau. Garde-toi aussi du bijou de famille !

— Grand-mère a pourtant un beau camée, en médaillon.

— Il n'y a pas de beaux camées, dit Alicia en hochant la tête. Il y a la pierre précieuse et la perle. Il y a le brillant blanc, jonquille, bleuté ou rose. Ne parlons pas des diamants noirs, ils n'en valent pas la peine. Il y a le rubis — quand on est sûr de lui. Le saphir, quand il est de Cachemire, l'émeraude, pourvu qu'elle n'ait pas Dieu sait quoi, dans son eau, d'un peu clair, d'un peu jaunasse...

— Tante, j'aime bien aussi les opales.

— Désolée, mais tu n'en porteras pas. Je m'y oppose.

Saisie, Gilberte resta un moment bouche bée.

— Oh!... toi aussi, tu le crois, tante, qu'elles attirent la mauvaise chance?

— Pourquoi donc pas...? Petite bête, reprit légèrement Alicia, il faut avoir l'air d'y croire. Crois aux opales, crois... Voyons, qu'est-ce que je pourrais bien t'indiquer... aux turquoises qui meurent, au mauvais œil...

— Mais, dit Gigi hésitante, ce sont des... des superstitions...

— Bien sûr, ma fille. On appelle ça aussi des faiblesses. Un joli lot de faiblesses et la peur des araignées, c'est notre bagage indispensable auprès des hommes.

— Pourquoi, tante?

La vieille dame ferma le coffret, garda devant elle Gilberte agenouillée :

— Parce que neuf hommes sur dix sont superstitieux, dix-neuf sur vingt croient au mauvais œil, et quatre-vingt-dix-huit sur cent ont peur des araignées. Ils nous pardonnent... beaucoup de choses, mais non pas d'être libres de ce qui les inquiète... Qu'est-ce que tu as à soupirer?

— Jamais je ne me rappellerai tout ça...

— L'important n'est pas que tu te le rappelles, mais que moi je le sache.

— Tante, qu'est-ce que c'est qu'une garniture de bureau en... en malachite?

— Toujours une calamité. Mais qui, bon Dieu, t'apprend des mots pareils?

— La liste des cadeaux de grands mariages, tante, dans les journaux.

— Jolie lecture. Enfin, tu peux toujours y apprendre quels sont les cadeaux qu'il ne faut ni faire, ni recevoir...

En parlant, elle touchait çà et là, d'un ongle aigu, le jeune visage à hauteur du sien. Elle soulevait une lèvre fendillée, vérifiait l'émail sans tache des dents.

— Belle mâchoire, ma fille! Avec des dents pareilles, j'aurais mangé Paris et l'étranger. Il est vrai que j'en ai mangé un joli morceau. Qu'est-ce que tu as là? Un petit bouton? Tu ne dois pas avoir un petit bouton près du nez. Et là? Tu t'es pincé un point noir. Tu ne dois ni avoir ni pincer un point noir. Je te donnerai de mon eau astringente. Il ne faut pas manger d'autre charcuterie que du jambon cuit. Tu ne mets pas de poudre?

— Grand-mère me le défend.

— Je l'espère bien. Tu vas régulièrement au petit endroit? Souffle-moi dans le nez. D'ailleurs à cette heure-ci ça ne prouve rien, tu viens de déjeuner...

Elle posa ses mains sur les épaules de Gilberte :

— Fais attention à ce que je te dis : tu peux plaire. Tu as un petit nez impossible, une bouche sans style, les pommettes un peu moujikes...

— Oh! tante! gémit Gilberte.

— ... mais tu as de quoi t'en tirer avec les yeux, les cils, les dents et les cheveux, si tu n'es pas complètement idiote. Et pour le corps...

Elle coiffa de ses paumes en conque la gorge de Gigi et sourit :

— Projet... Mais joli projet, bien attaché. Ne mange pas trop d'amandes, ça alourdit les seins.

Ah! fais-moi donc songer à t'apprendre à choisir les cigares.

Gilberte ouvrit si grands ses yeux que les pointes de ses cils touchèrent ses sourcils :

— Pourquoi?

Elle reçut une petite claque sur la joue.

— Parce que. Je ne fais rien sans raison. Si je m'occupe de toi, il faut que je m'occupe de tout. Quand une femme connaît les préférences d'un homme, cigares compris, quand un homme sait ce qui plaît à une femme, ils sont bien armés l'un contre l'autre...

— Et ils se battent, conclut Gilberte d'un air fin.

— Comment, ils se battent?

La vieille dame regarda Gigi avec consternation :

— Ah! dit-elle, ce n'est décidément pas toi qui as inventé la glace à trois faces... Viens, psychologue, que je te donne un mot pour Mme Henriette de chez Béchoff...

Pendant qu'elle écrivait, assise à un bonheur-du-jour minuscule et rosé, Gilberte respirait le parfum de la chambre soignée, recensait sans convoitise les meubles qui lui étaient familiers et mal connus, l'Amour sagittaire indiquant les heures sur la cheminée, deux tableaux galants, un lit en forme de vasque et sa couverture de chinchilla, le chapelet de petites perles fines et les Évangiles sur la table de chevet, deux lampes de Chine rouges, heureuses sur la tenture grise...

— File, mon petit. Je te convoquerai par la suite. Demande à Victor le gâteau que tu vas emporter. Doucement, ne me décoiffe pas! Et tu sais, je te regarde partir. Gare à toi si tu marches en grenadier ou si tu traînes les pieds!

Le mois de mai, qui ramena à Paris Gaston Lachaille, dota Gilberte de deux robes bien faites et d'un manteau léger — « un paletot-sac comme Cléo de Mérode », disait-elle —, de chapeaux et de chaussures. Elle y ajouta quelques frisures sur le front qui la banalisèrent. Elle parada devant Gaston dans une robe blanche et bleue, qui touchait presque terre : « Quatre mètres vingt-cinq de tour, tonton, qu'elle a, ma jupe ! » La minceur de sa taille, sanglée dans un ruban de gros-grain à boucle d'argent, l'enorgueillissait. Mais elle essayait machinalement de libérer son beau cou musclé, pris dans un col baleiné, en « venise imitation » comme le corsage froncé. Les manches et la jupe évasée, en toile de soie à rayures blanches et bleues, bruissaient légèrement, et Gilberte pinçait avec coquetterie les bouffants des manches sur le bras, un peu plus bas que l'épaule.

— Tu as l'air d'un singe savant, lui dit Lachaille. Je t'aimais mieux dans ta robe écossaise. Avec ce col qui te gêne, tu ressembles à une poule qui a avalé du maïs trop gros. Regarde-toi.

Froissée, Gilberte s'en rapporta au miroir. Un gros caramel, venu de Nice par les soins de Gaston, lui faisait la joue bossue.

— J'ai beaucoup entendu parler de vous, tonton, répliqua-t-elle, mais je n'ai jamais entendu dire qu'en fait de toilette vous aviez du goût.

Il toisa, suffoqué, cette nouvelle grande fille, et s'en prit à Mme Alvarez :

— Jolie éducation ! Je vous en fais mon compliment !

Là-dessus il sortit sans boire sa camomille et Mme Alvarez joignit les mains.

— Qu'est-ce que tu nous as fait là, ma pauvre Gigi !

— Ben, dit Gigi, pourquoi est-ce qu'il me cherche ? Il l'a vu, hein, que je suis bonne pour lui répondre !

Sa grand-mère lui secoua le bras :

— Mais rends-toi compte, petite malheureuse ! Mon Dieu, à quel âge raisonneras-tu ? Voilà un homme que tu as peut-être blessé mortellement ! Juste au moment où on s'évertue...

— À quoi, grand-mère ?

— Mais... à tout, à faire de toi une jeune fille élégante, à te montrer à ton avantage...

— Aux yeux de qui, grand-mère ? Tu m'avoue-ras que pour un vieil ami comme tonton on n'a pas besoin de se décarcasser !

Mme Alvarez n'avoua rien. Pas même son étonnement, le lendemain, de voir arriver Gaston Lachaille jovial, en complet clair.

— Mets un chapeau, Gigi ! Je t'emmène goû-ter.

— Où ? cria Gigi.

— Aux Réservoirs, à Versailles !

— Chic, chic, chic ! chanta Gilberte.

Elle se tourna vers la cuisine :

— Grand-mère, je goûte aux Réservoirs avec tonton !

Mme Alvarez parut, ne prit pas le temps de dénouer le tablier de ménage en satinette à fleurs qui lui ceignait le ventre et interposa sa main douillette entre le bras de Gilberte et celui de Gaston Lachaille :

— Non, Gaston, dit-elle simplement.

— Comment, non ?

— Oh ! grand-mère !..., pleura Gigi.

Mme Alvarez parut ne pas l'entendre.

— Va un moment dans ta chambre, Gigi, j'ai à parler en particulier à M. Lachaille.

Elle regarda Gilberte s'en aller, ferma la porte derrière elle, et supporta sans broncher, en revenant à Gaston, un regard noir assez brutal.

— Qu'est-ce que ça signifie, Mamita? Depuis hier, je trouve ici du changement, dites-moi donc?

— Asseyez-vous, Gaston, vous me ferez plaisir, je suis fatiguée, dit Mme Alvarez. Ah! mes pauvres jambes...

Elle soupira, attendit une marque d'intérêt qui ne vint pas et dénoua son tablier à bavette, sous lequel elle portait une robe noire, épinglée d'un large camée. Elle désigna une chaise à son hôte, et garda le fauteuil pour elle. Puis elle s'assit pesamment, lissa ses bandeaux noirs et gris et croisa ses mains sur ses genoux. Le lent mouvement de ses grands yeux d'un noir roux, son aisance à demeurer immobile donnaient à juger qu'elle était maîtresse d'elle-même.

— Gaston, vous savez si j'ai de l'amitié pour vous...

Lachaille se permit un petit rire d'homme d'affaires et tira sur sa moustache.

— De l'amitié et de la reconnaissance. Mais je n'oublie pas non plus que j'ai charge d'âme. Andrée, comme vous savez, n'a pas le temps ni le goût de s'occuper de la petite. Notre Gilberte, ce n'est pas une débrouillarde comme il y en a tant. C'est une vraie enfant...

— De seize ans, dit Lachaille.

— De seize ans bientôt, approuva Mme Alvarez. Depuis des années vous lui donnez des bonbons, des babioles. Elle ne jure que par tonton. Voilà maintenant que vous voulez l'emmener goûter, dans votre automobile, aux Réservoirs...

Mme Alvarez mit une main sur son sein :

— En mon âme et conscience, Gaston, si ça n'était que pour vous et pour moi, je vous dirais : « Emmenez Gilberte où vous voudrez, je vous la confie les yeux fermés. » Mais il y a les autres... Vous êtes connu mondialement. Sortir en tête à tête avec vous, pour une femme, c'est...

Gaston Lachaille perdit patience :

— Bon, bon, j'ai compris! Vous voulez me faire croire que de goûter avec moi, voilà Gigi compromise? Un pareil bout de femme, une oseille verte, une gosse que personne ne connaît, que personne ne regarde...

— Mettons plutôt, interrompit avec douceur Mme Alvarez, que la voilà consacrée. Quand vous paraissez quelque part, Gaston, on signale votre présence. Une jeune fille qui sortirait seule avec vous, ça n'est déjà plus une jeune fille ordinaire, ni même une jeune fille tout court. Notre Gilberte, elle, ne doit pas cesser d'être une jeune fille ordinaire, du moins pas de cette façon-là. Pour vous, ce qu'on en dirait ne serait qu'un racontar de plus, mais celui-là je n'aurais pas le cœur d'en rire en le lisant dans le *Gil Blas*.

Gaston Lachaille se leva, marcha de la table à la porte et de la porte à la fenêtre avant de répondre.

— Eh bien, Mamita, je ne veux pas vous contrarier. Je ne discuterai pas, dit-il froidement. Gardez votre gamine.

Il se retourna vers Mme Alvarez, le menton haut :

— Je me demande, entre parenthèses, pour qui vous la gardez? Pour un employé à deux mille quatre, qui l'épousera et qui lui fera quatre enfants en trois ans?

— Je comprends mieux le rôle d'une mère, dit

posément Mme Alvarez. Je ferai mon possible
pour ne remettre Gigi qu'à un homme qui saura
dire : « Je me charge d'elle et j'assure son sort. »
Est-ce que j'aurai le plaisir de vous faire une
camomille, Gaston ?

— Non, merci, je suis en retard.

— Voulez-vous que Gigi vienne vous dire au
revoir ?

— Pas la peine, je la verrai un autre jour. Je ne
sais pas quand, par exemple. Je suis très pris, ces
temps-ci.

— Ça ne fait rien, Gaston, ne vous dérangez
pas pour elle. Bonne promenade, Gaston...

Seule, Mme Alvarez s'essuya le front et alla
rouvrir la chambre de Gilberte :

— Tu écoutais à la porte, Gigi.

— Non, grand-mère.

— Si, tu écoutais à la porte. Il ne faut jamais
écouter aux portes. C'est le moyen d'entendre de
travers et d'interpréter mal les paroles.
M. Lachaille est parti.

— Je le vois bien, dit Gilberte.

— Il faut que tu frottes les pommes de terre
nouvelles dans un torchon, je les mettrai à sauter
en rentrant.

— Tu sors, grand-mère ?

— Je vais chez Alicia.

— Encore ?

— C'est à toi d'y trouver à redire, dit
Mme Alvarez sévèrement. Tu ferais mieux de
laver tes yeux à l'eau froide, puisque tu as été
assez sotte pour pleurer.

— Grand-mère...

— Quoi ?

— Qu'est-ce que ça te faisait de me laisser sortir avec tonton Gaston et ma robe neuve ?

— Silence! Si tu ne comprends rien à rien, au moins laisse raisonner les personnes qui sont capables de raisonnement. Et mets mes gants de caoutchouc pour toucher les pommes de terre.

Une loi de silence pesa toute la semaine sur le logis Alvarez, que visita inopinément, un jour, tante Alicia. Elle vint en coupé de cercle, toute dentelles noires et soie mate, une rose près de l'épaule, et conversa soucieusement à l'écart avec sa sœur cadette. En s'en allant elle ne donna qu'un moment d'attention à Gilberte, lui posa sur la joue un baiser pointu et s'en alla.

— Qu'est-ce qu'elle voulait? demanda Gilberte à Mme Alvarez.

— Oh! rien... l'adresse du médecin qui a soigné Mme Buffetery pour son cœur.

Gilberte réfléchit un moment :

— C'était long, dit-elle.

— Qu'est-ce qui était long?

— L'adresse du médecin. Grand-mère, je voudrais un cachet, j'ai la migraine.

— Tu l'avais déjà hier. Une migraine ne dure pas quarante-huit heures.

— Il faut croire que je n'ai pas les migraines de tout le monde, dit Gilberte blessée.

Elle perdait un peu de sa douceur, disait en revenant de son cours : « Le professeur m'en veut! », se plaignait d'insomnies, et glissait vers une paresse que sa grand-mère surveillait étroitement plutôt qu'elle ne la combattait. Un jour que Gigi s'occupait d'enduire de craie liquide ses bottines lacées en toile blanche, Gaston Lachaille parut sans avoir sonné. Il avait les cheveux trop longs, le teint assombri de hâle, un complet d'été à carreaux brouillés. Il s'arrêta court devant Gilberte, haut perchée sur un tabouret de cuisine, le poing gauche coiffé d'une chaussure.

— Oh!... Grand-mère a laissé la clef sur la porte, c'est bien d'elle!

Comme Gaston Lachaille ne disait rien et la regardait, elle rougit lentement, posa sa bottine sur la table et tira sa jupe sur ses genoux.

— Aussi, tonton, vous arrivez en cambrioleur! Tiens, vous avez maigri. Il ne vous nourrit donc pas, votre fameux ancien chef cuisinier du prince de Galles? D'avoir maigri, ça vous fait les yeux plus grands. Mais ça vous fait aussi paraître le nez plus long, et...

— J'ai à parler à ta grand-mère, interrompit Gaston Lachaille. File dans ta chambre, Gigi!

Elle resta un instant la bouche ouverte, puis sauta à bas de son tabouret. Elle enfla son cou puissant d'archange et marcha sur Lachaille :

— File dans ta chambre! File dans ta chambre! Et si je vous en disais autant, moi? Qu'est-ce que vous êtes donc ici, pour me dire de filer dans ma chambre? Eh bien, j'y vais, dans ma chambre! Et je peux bien vous dire une chose, c'est que tant que vous serez là je n'en ressortirai pas.

Elle rabattit la porte derrière elle et fit claquer théâtralement un verrou.

— Gaston, souffla Mme Alvarez, j'exigerai que cette enfant vous fasse des excuses, oui, je l'exigerai, et s'il le faut, je...

Gaston Lachaille ne l'écoutait pas et regardait la porte fermée.

— Maintenant, Mamita, dit-il, parlons peu et parlons bien...

— Récapitulons, dit tante Alicia. Il a bien dit pour commencer : « Elle sera gâtée, comme... »

— Comme aucune femme ne l'a été !

— Oui, mais ça c'est une parole vague comme tous les hommes en disent. Moi, je suis pour les précisions.

— Elles n'ont pas manqué, Alicia. Puisqu'il a dit qu'il voulait garantir Gigi contre tous les ennuis, et même contre lui-même, par une assurance, qu'il était un peu comme son parrain.

— Oui... oui.. Pas mal, pas mal... Du vague, toujours du vague...

Elle était encore couchée, ses cheveux blancs en boucles sur son oreiller rose. Elle nouait et dénouait, préoccupée, le ruban de son vêtement de nuit. Mme Alvarez, pâle et sombre comme la lune et le nuage sous son chapeau du matin, appuyait au chevet ses bras croisés :

— Il a ajouté : « Je ne veux rien brusquer. Je suis avant tout le grand ami de Gigi. Je lui donnerai tout le temps de s'habituer à moi... » Il en avait les larmes aux yeux. Il a dit encore : « Elle n'aura pas affaire à un sauvage... » Enfin, un gentilhomme. Un véritable gentilhomme.

— Oui... oui... Un gentilhomme un peu vague... La petite, tu lui as parlé net ?

— Comme je le devais, Alicia. Ce n'était plus le moment de la traiter comme une enfant à qui on cache les gâteaux. Oui, j'ai parlé net. J'ai parlé de Gaston comme d'un miracle, comme d'un dieu, comme...

— Tt, tt, tt, critiqua Alicia. J'aurais plutôt fait ressortir la difficulté, la partie à jouer, la fureur de toutes ces dames, la victoire à remporter sur un homme en vue...

Mme Alvarez joignit les mains :

— La difficulté ! La partie à jouer ! Tu crois donc qu'elle te ressemble ? Tu ne la connais donc pas ? Elle est sans méchanceté, elle...

— Merci.

— Je veux dire qu'elle n'a pas d'ambition. J'ai même été frappée de voir qu'elle ne réagissait ni dans un sens ni dans l'autre. Pas de cris de joie, pas de larmes d'émotion. Tout ce que j'en tirais, c'est des : « Oh! oui... Oh! c'est bien gentil de sa part... » À la fin seulement, elle a posé comme conditions...

— Ce qu'il faut entendre! murmura Alicia.

— ... qu'elle répondrait elle-même aux propositions de M. Lachaille et qu'elle s'expliquerait seule avec lui. Qu'en somme ça la regardait.

— Attendons-nous à du joli. Tu as donné le jour à une inconsciente. Elle va lui demander la lune, et... je le connais, il ne la lui donnera pas. C'est à quatre heures qu'il vient?

— Oui.

— Il n'a rien envoyé? Pas de fleurs? Pas un bibelot?

— Rien. C'est mauvais signe, tu crois?

— Non. Ça lui ressemble assez. Veille à ce que la petite s'habille gentiment. Elle a bonne mine?

— Pas trop bonne aujourd'hui. Pauv' petit lapin...

— Allons, allons..., dit durement Alicia. Tu pleurnicheras un autre jour — quand elle aura tout fait rater.

— Tu n'as guère mangé, Gigi.

— Je n'avais pas beaucoup faim, grand-mère. Est-ce que je peux ravoir un peu de café?

— Bien sûr.

— Et une goutte de Combier?

— Mais oui. Le Combier est souverainement stomachique.

La fenêtre ouverte laissait entrer les bruits et la

tiédeur de la rue. Gilberte trempait le bout de sa langue jusqu'au fond du verre à liqueur.

— Si tante Alicia te voyait, Gigi! dit légèrement Mme Alvarez.

Gigi ne répondit que d'un petit sourire désabusé. Sa vieille robe écossaise lui bridait la poitrine, et hors de sa jupe elle étirait ses longues jambes sous la table.

— Qu'est-ce que maman répète donc aujourd'hui, qu'elle n'a pas déjeuné avec nous, grand-mère? Tu crois qu'elle répète vraiment à son Opéra-Comique?

— Puisqu'elle nous l'a dit.

— Moi je crois qu'elle n'a pas voulu déjeuner ici.

— Qu'est-ce qui te fait penser ça?

Sans quitter des yeux la fenêtre ensoleillée, Gilberte haussa les épaules.

— Oh! rien, grand-mère...

Quand elle eut tari son verre de Combier, elle se leva et commença à rassembler le couvert.

— Laisse donc ça, Gigi, je vais desservir.

— Pourquoi, grand-mère? Je fais comme d'habitude.

Elle planta dans les yeux de Mme Alvarez un regard que la vieille dame ne soutint pas.

— Nous avons déjeuné en retard, il est près de trois heures et tu n'es pas habillée, rends-toi compte, Gigi...

— Ce serait bien la première fois qu'il me faudrait une heure pour me changer.

— Tu n'as pas besoin de moi? Tu es assez bouclée?

— Bien assez, grand-mère. Quand on sonnera, ne te dérange pas, j'irai ouvrir.

À quatre heures précises, Gaston Lachaille

sonna trois fois. Un visage enfantin et soucieux
entrebâilla la porte de la chambre et écouta.
Après trois autres coups de sonnette impatients,
Gilberte s'avança jusqu'au milieu de la pièce. Elle
avait gardé sa vieille robe écossaise et ses bas de
fil. Elle se frotta les joues de ses deux poings fermés et courut ouvrir la porte.

— Bonjour, tonton Gaston.

— Tu ne voulais donc pas m'ouvrir, mauvaise ?

Ils se heurtèrent de l'épaule en passant la
porte, se dirent : « Oh ! pardon ! » d'un ton rogue,
puis rirent gauchement.

— Asseyez-vous, je vous en prie, tonton. Figurez-vous que je n'ai pas eu le temps de m'habiller.
Ce n'est pas comme vous ! En fait de serge bleu
marine on ne fait pas mieux !

— Tu n'y connais rien, c'est de la cheviotte.

— C'est vrai. Où ai-je la tête ?

Elle s'assit en face de lui, tira sa jupe sur ses
genoux et ils se regardèrent. La gamine assurance de Gilberte défaillit, une sorte de supplica-
tion agrandit follement ses yeux bleus.

— Qu'est-ce que tu as, Gigi ? demanda
Lachaille à mi-voix. Dis-moi quelque chose... Tu
sais pourquoi je suis ici ?

Elle fit signe que oui, d'un grand coup de tête.

— Tu ne veux pas, ou tu veux bien ? dit-il plus
bas.

Elle passa une boucle de cheveux derrière son
oreille, avala sa salive courageusement :

— Je ne veux pas, dit-elle.

Lachaille pinça entre deux doigts les pointes
de sa moustache et détacha un moment son
regard de deux yeux bleus assombris, d'un grain
de rousseur sur une joue rose, des cils courbes,

d'une bouche qui ignorait son pouvoir, d'une lourde chevelure cendrée et d'un cou tourné comme une colonne, fort, à peine féminin, uni, pur de tout joyau...

— Je ne veux pas ce que vous voulez, reprit Gilberte. Vous avez dit à grand-mère...

Il l'interrompit en avançant la main. Il tenait sa bouche un peu de travers comme s'il souffrait des dents :

— Je le sais, ce que j'ai dit à ta grand-mère. Ce n'est pas la peine que tu le répètes. Dis-moi seulement ce que tu ne veux pas. Tu peux dire aussi ce que tu veux... Je te le donnerai...

— Vrai ? s'écria Gilberte.

Il acquiesça, en abattant ses épaules comme s'il était recru de fatigue. Elle regardait, surprise, ces aveux de la lassitude et du tourment.

— Tonton, vous avez dit à grand-mère que vous vouliez me faire un sort.

— Un très beau, dit fermement Lachaille.

— Il sera beau si je l'aime, dit Gilberte non moins fermement. On m'a corné aux oreilles que je suis en retard pour mon âge, je comprends tout de même ce que parler veut dire. Me faire un sort, ça signifie que je m'en irais d'ici. Que je m'en irais d'ici avec vous, et que je coucherais dans votre lit...

— Je t'en prie, Gigi...

Elle s'arrêta parce qu'il avait en effet l'accent de la prière.

— Mais, tonton, pourquoi est-ce que je serais gênée pour vous en parler, puisque vous n'avez pas été gêné pour en parler à grand-mère ? Grand-mère non plus n'a pas été gênée pour m'en parler. Grand-mère a voulu me faire voir tout en beau. Mais j'en sais plus qu'elle ne m'en a dit. Je sais très bien que si vous me faites un sort il faudrait que j'aie mon portrait dans les journaux, que j'aille à la fête des Fleurs et aux courses et à Deauville. Quand nous serons fâchés, le *Gil Blas* et *Paris en amour* le raconteront... Quand vous me laisserez en plan pour de bon, comme vous avez fait quand vous avez eu assez de Gentiane des Cévennes...

— Comment, tu sais ça? On t'a mêlée à ces histoires?

Elle inclina la tête gravement.

— C'est grand-mère et tante Alicia. Elles m'ont appris que vous étiez mondial. Je sais aussi que Maryse Chuquet vous a volé des lettres et que vous avez porté plainte contre elle. Je sais que la comtesse Pariewsky n'était pas contente après vous parce que vous ne vouliez pas épouser une divorcée et qu'elle vous a tiré un coup de revolver... Je sais ce que tout le monde sait.

Lachaille posa sa main sur le genou de Gilberte :

— Ce n'est pas de ces choses-là que nous avons à parler ensemble, Gigi. Tout ça, c'est fini. C'est passé.

— Bien sûr, tonton, jusqu'à ce que ça recommence. Ce n'est pas votre faute si vous êtes mondial. Mais moi je n'ai pas le caractère mondial. Alors, ça ne me va pas.

En tirant le bord de sa jupe elle fit glisser de son genou la main de Gaston.

— Tante Alicia et grand-mère sont d'accord avec vous. Mais comme il s'agit tout de même un peu de moi, je crois que j'ai mon mot à placer. Mon mot, c'est que ça ne me va pas.

Elle se leva et arpenta la pièce. Le silence de Gaston Lachaille paraissait la gêner, elle ponctua son va-et-vient de : « C'est vrai, s'pas... Non, mais tout de même, quoi!... »

— Je voudrais savoir, dit enfin Gaston, si tu ne cherches pas, simplement, à me cacher que je te déplais... Si je te déplais, ce serait plus vite fait de le dire.

— Mais non, tonton, vous ne me déplaisez pas! Je suis contente quand je vous vois! La preuve, c'est que je vais vous proposer quelque chose à mon tour. Vous viendriez ici comme d'habitude, même plus souvent. Personne n'y verrait du mal puisque vous êtes un ami de la famille. Vous m'apporteriez des réglisses, du champagne pour ma fête, le dimanche on ferait un piquet monstre... Est-ce que ce n'est pas une bonne petite vie? Une vie sans toutes ces histoires de coucher dans votre lit et que tout le monde le sache, de perdre un collier de perles, d'être toujours photographiée et sur le qui-vive, de...

Elle tortillait machinalement, autour de son nez, une mèche de ses cheveux, si bien qu'elle nasillait et que le bout de son nez devenait violet.

— Très jolie petite vie, en effet, interrompit Gaston Lachaille. Tu n'oublies qu'une chose, Gigi, c'est que je suis amoureux de toi.

— Ah! s'écria-t-elle, vous ne me l'avez jamais dit.

— Eh bien, avoua-t-il malaisément, je te le dis.

Elle restait debout devant lui, silencieuse et respirant vite. Son embarras ne dérobait rien d'elle, ni le double battement de sa gorge sous l'étroit corsage, ni une rougeur meurtrie en haut de ses joues, ni la palpitation de sa bouche, close mais destinée à s'ouvrir et à savourer...

— Voilà autre chose! s'écria-t-elle enfin. Mais

alors vous êtes un homme affreux! Vous êtes amoureux de moi, et vous voudriez m'entraîner dans une vie où je ne me ferais que de la peine, où tout le monde potine sur tout le monde, où les journaux écrivent des méchancetés... Vous êtes amoureux de moi, et ça ne vous ferait rien de me mettre dans des aventures abominables qui finissent par des séparations, des disputes, des Sandomir, des revolvers et du lau... et du laudanum...

Elle éclata en sanglots violents qui firent autant de bruit qu'une quinte de toux. Gaston la ceignit de ses bras pour l'incliner vers lui comme une branche, mais elle lui échappa et se réfugia entre le piano et le mur.

— Mais écoute, Gigi... Écoute-moi...

— Jamais! Jamais je ne vous reverrai! Je n'aurais jamais cru ça de vous... Vous n'êtes pas un amoureux, vous êtes un mauvais homme! Allez-vous-en d'ici!

Elle s'aveuglait de ses deux poings, qu'elle écrasait sur ses yeux. Gaston l'avait rejointe et cherchait, sur ce visage bien défendu, la place d'un baiser. Mais il ne trouvait pour ses lèvres que le bord d'un petit menton couvert de larmes. Au bruit des sanglots, Mme Alvarez accourut. Pâle et circonspecte, elle se tint hésitante au seuil de la cuisine :

— Mon Dieu, Gaston, dit-elle, qu'est-ce qu'elle a donc?

— Eh, dit Lachaille, elle a qu'elle ne veut pas!

— Elle ne veut pas..., répéta Mme Alvarez. Comment, elle ne veut pas?

— Non, elle ne veut pas! Je parle clairement, je pense?

— Non, je ne veux pas! piaula Gigi.

Mme Alvarez regardait sa petite-fille avec une sorte de frayeur.

— Gigi... Mais c'est à se jeter la tête contre les murs! Gigi, je t'ai pourtant dit... Gaston, Dieu m'est témoin que je lui ai dit...

— Vous ne lui en avez que trop dit! cria Lachaille.

Il tourna vers la petite son visage qui n'était plus que celui d'un pauvre homme chagrin et épris, mais elle montrait seulement son dos étroit et secoué de pleurs, sa chevelure désordonnée. Il s'écria sourdement:

— Ah! et puis j'en ai assez! et partit en claquant la porte.

Le lendemain, à trois heures, tante Alicia, appelée par pneumatique, descendait de son coupé de cercle, gravissait l'étage des Alvarez en imitant l'essoufflement des cardiaques et poussait sans bruit la porte que sa sœur avait laissée « tout contre ».

— Où est la petite?

— Dans sa chambre. Tu veux la voir?

— On a le temps. Comment est-elle?

— Très calme.

Alicia leva ses petits poings coléreux:

— Très calme! Elle a fait tomber le plafond sur nos têtes et elle est très calme! Quelle génération!

Elle releva sa voilette à pois et foudroya sa sœur du regard.

— Et toi, qui restes là, qu'est-ce que tu comptes faire?

Son visage de rose froissée affrontait durement le grand visage blanc de sa sœur, qui regimba avec modération:

— Comment, ce que je compte faire? Je ne peux pourtant pas l'attacher, cette petite!

Un long soupir souleva ses épaules replètes :

— On peut dire que je n'ai pas mérité les enfants que j'ai.

— Quand tu te lamenteras!... Lachaille est parti d'ici dans l'état d'esprit où un homme fait toutes les bêtises!

— Et même sans son canotier, dit Mme Alvarez. Il est monté nu-tête dans son auto. Toute la rue a pu le voir!

— On me dirait qu'à l'heure qu'il est il est fiancé, ou en train de se remettre avec Liane, je n'en serais pas surprise...

— Le moment est fatidique, dit lugubrement Mme Alvarez.

— Comment lui as-tu parlé après, à cette petite punaise?

Mme Alvarez pinça les lèvres.

— Gigi est peut-être un peu timbrée pour certaines choses et en retard pour son âge, mais elle n'est pas ce que tu dis. Une jeune fille qui a fixé l'attention de M. Lachaille n'est pas une petite punaise.

Un furieux haussement d'épaules secoua les dentelles noires d'Alicia :

— Bon, bon... Qu'est-ce que tu as reproché à ta princesse, en mettant des gants?

— Je lui ai parlé raison. Je lui ai parlé famille... Je lui ai fait envisager que nous étions attachées à la même corde, je lui ai énuméré tout ce qu'elle pourrait réaliser pour elle-même et pour nous...

— Et déraison, tu ne lui as pas parlé déraison? Tu ne lui as pas parlé amour, voyage, clair de lune, Italie? Il faut savoir faire résonner toutes

les cordes. Tu ne lui as pas dit que de l'autre côté
du monde la mer est phosphorescente, et qu'il y a
des oiseaux-mouches dans les fleurs et qu'on fait
l'amour sous les gardénias près d'un jet d'eau ?

Mme Alvarez regarda tristement sa fougueuse
aînée :

— Je ne pouvais pas le lui dire, Alicia, puisque
je n'en sais rien. Le plus loin que j'ai été c'est
Cabourg et Monte-Carlo.

— Tu n'es pas capable de l'inventer ?

— Non, Alicia.

Elles se turent toutes deux. Alicia fit un geste
de décision :

— Appelle-moi cet oiseau. On va voir.

Quand Gilberte entra, tante Alicia avait repris
sa gentillesse de vieille dame frivole et respirait
la rose thé épinglée près de son menton.

— Bonjour, ma Gigi.

— Bonjour, tante Alicia.

— Qu'est-ce qu'Inés m'apprend ? Que tu as un
amoureux ? Et quel amoureux ! Pour ton coup
d'essai, c'est un coup de maître !

Gilberte acquiesça, fit un petit sourire méfiant
et résigné. Elle offrait à la curiosité aiguë d'Alicia
sa fraîche figure, à laquelle le cerne lilas des paupières, la fièvre de la bouche ajoutaient une sorte
de maquillage. Pour avoir moins chaud, elle avait
relevé ses cheveux sur ses tempes à l'aide de deux
peignes qui lui tiraient les coins des yeux.

— Il paraît aussi que tu fais la méchante et
que tu essaies tes griffes sur M. Lachaille ? Bravo,
ma petite fille !

Gilberte leva sur sa tante des yeux incrédules.

— Mais oui, bravo ! Il n'en sera que plus heureux quand tu seras redevenue gentille.

— Mais je suis gentille, tante. Seulement je ne
veux pas, voilà tout.

— Oui, oui, nous savons. Tu l'as renvoyé à sa sucrerie, c'est parfait. Mais ne l'envoie pas au diable, il serait capable d'y aller. En somme, tu ne l'aimes pas.

Gilberte fit un geste enfantin des épaules.

— Si, tante, je l'aime bien.

— C'est ce que je dis, tu ne l'aimes pas. Remarque que je n'y vois pas de mal, ça te laisse toute ta liberté d'esprit. Ah! si tu avais été folle de lui, je n'aurais pas été trop rassurée. C'est un beau brun, Lachaille. Bien bâti, il n'y a qu'à voir ses photos de Deauville en costume de bain... Là-dessus sa réputation est faite. Oui, je t'aurais plainte, ma pauvre Gigi. Débuter par une passion... S'en aller seule à seul de l'autre côté du monde... Oublier tout, dans les bras de l'homme qui vous aime, écouter le chant de l'amour sous un éternel printemps... Ça ne parle donc pas à ton cœur, ces choses-là? Qu'est-ce que ça te dit?

— Ça me dit que quand l'éternel printemps est fini, M. Lachaille s'en va avec une autre dame. Ou bien c'est la dame, mettons moi, qui quitte M. Lachaille, et M. Lachaille s'en va tout raconter. Et la dame, mettons toujours moi, n'a plus qu'à aller dans le lit d'un autre monsieur. Je ne veux pas. Moi, je ne suis pas changeante.

Elle croisa ses bras sur ses seins et frissonna légèrement.

— Grand-mère, est-ce que je peux avoir un cachet? Je voudrais me coucher, j'ai froid.

— Idiote, éclata tante Alicia, tu mérites d'avoir un petit magasin de modes! Allez, va, épouse un expéditionnaire!

— Si tu y tiens, tante, mais je voudrais me coucher.

Mme Alvarez lui tâta le front.

— Tu te sens mal ?

— Non, grand-mère, c'est que je suis triste.

Elle appuya sa tête à l'épaule de Mme Alvarez et pour la première fois de sa vie ferma les yeux pathétiquement, comme une femme. Les deux sœurs se regardèrent.

— Tu penses bien, ma Gigi, dit Mme Alvarez, qu'on ne va pas te tourmenter à ce point-là. Du moment que tu ne veux pas...

— Ce qui est raté est raté, dit sèchement Alicia. On ne va pas en parler toute la vie.

— Tu ne pourras pas nous reprocher que les conseils t'aient manqué, et les plus compétents, dit Mme Alvarez.

— Je sais bien, grand-mère. Mais je suis triste quand même.

— Pourquoi ?

Une larme descendit, sans la mouiller, sur la joue duvetée de Gilberte, qui ne répondit pas. Au coup de sonnette brusque qui grelotta, elle sauta sur ses pieds.

— Oh ! ça doit être lui, dit-elle. C'est lui... Grand-mère, je ne veux pas le voir, cache-moi, grand-mère...

À l'accent bas et passionné, tante Alicia leva sa tête fine, tendit son oreille experte. Puis elle courut ouvrir la porte, et revint promptement. Gaston Lachaille, le teint bilieux et le blanc de l'œil trouble, la suivait.

— Bonjour Mamita, bonjour Gigi, dit-il d'un ton badin. Ne vous dérangez pas, je viens pour reprendre mon canotier...

Aucune des trois femmes ne répondit, et son assurance le quitta :

— Enfin, quoi, vous pouvez bien me dire un mot, quand ça ne serait que bonjour!

Gilberte avança d'un pas :

— Non, dit-elle, vous ne venez pas reprendre votre canotier. Vous en avez un autre à la main. Et vous n'attendez pas après un canotier. Vous venez pour me faire encore de la peine.

— Ça! éclata Mme Alvarez, c'est plus que je ne peux en entendre. Comment, Gigi, voilà un homme qui, n'écoutant que son grand cœur...

— S'il te plaît, grand-mère, rien qu'une minute, j'ai fini tout de suite...

Elle tira machinalement sa jupe, assura la boucle de sa ceinture et marcha jusqu'à Gaston :

— J'ai réfléchi, tonton, j'ai même beaucoup réfléchi...

Il l'interrompit, pour l'empêcher de dire ce qu'il redoutait d'entendre :

— Je te jure, ma Gigi chérie...

— Non, ne me jurez pas. J'ai réfléchi que j'aimais mieux être malheureuse avec vous que sans vous. Alors...

Elle s'y reprit à deux fois :

— Alors... Voilà. Bonjour... Bonjour, Gaston.

Elle lui tendit sa joue comme d'habitude. Il l'embrassa un peu plus longtemps que d'habitude, jusqu'à ce qu'il la sentît devenir attentive, puis immobile et douce dans ses bras. Mme Alvarez parut vouloir s'élancer, mais la petite main impatiente d'Alicia la retint :

— Laisse. Ne t'en mêle plus. Tu ne vois pas que ça nous dépasse?

Elle montrait Gigi qui reposait, sur l'épaule de Lachaille, sa tête confiante et la richesse de ses cheveux épars.

L'homme heureux se tourna vers Mme Alvarez :

— Mamita, dit-il, voulez-vous me faire l'honneur, la faveur, la joie infinie, de m'accorder la
main...

L'Enfant malade

L'enfant qui devait mourir voulut s'accoter un peu plus haut à son gros oreiller, mais il ne le put. Sa mère entendit sa prière sans paroles et le soutint. Une fois de plus, l'enfant promis à la mort eut tout près du sien le visage maternel qu'il croyait ne plus regarder, les cheveux châtains tirés sur la tempe comme ceux des anciennes petites filles, la joue longue à peine poudrée, un peu maigre, l'angle très ouvert des yeux bruns, si sûrs de maîtriser leurs inquiétudes qu'ils en oubliaient souvent de se surveiller...

— Tu es rose, ce soir, mon petit garçon, dit-elle gaiement.

Mais ses yeux bruns restaient empreints d'une fixité et d'une crainte que le petit garçon connaissait bien.

Pour éviter de soulever sa nuque faible, le petit garçon logea dans l'angle de ses paupières ses prunelles aux grands iris vert-de-mer, et rectifia gravement :

— Je suis rose à cause de l'abat-jour.

Madame Maman regarda son fils avec douleur, lui reprochant en elle-même d'effacer, par un mot, cette couleur rose qu'elle lui voyait aux joues. Il avait refermé les yeux, et l'apparence du

sommeil lui rendait son visage d'enfant de dix
ans. « Elle croit que je dors. » Sa mère se
détourna du blanc petit garçon, doucement et
comme si elle craignait qu'il ne sentît la brisure
du fil du regard : « Il croit que je crois qu'il
dort... » Parfois ils jouaient à se tromper ainsi :
« Elle croit que je ne souffre pas », pensait Jean,
et sur ses pommettes ses cils grésillaient de souffrance. Cependant Madame Maman pensait :
« Comme il sait bien imiter l'enfant qui ne
souffre pas ! Une autre mère s'y tromperait. Mais
moi... »

— Aimes-tu cette odeur de lavande que j'ai
vaporisée ? Ta chambre sent bon.

L'enfant acquiesça sans parler, l'habitude et
l'obligation de ménager ses forces l'avaient doté à
la longue d'un répertoire de très petits signes,
une mimique délicate et compliquée comme le
langage des animaux. Il excellait à faire de ses
sens un usage féerique et paradoxal.

Pour lui les rideaux de mousseline blanche,
frappés de soleil vers dix heures du matin, rendaient un son rose, et la reliure d'un ancien
Voyage sur les rives de l'Amazone, écorchée, en
veau blond, versait à son esprit une saveur de
crêpe chaude... L'envie de boire s'exprimait par
trois « claquements » de paupières. Manger... oh !
pour l'envie de manger, il n'y pensait pas. Les
autres besoins du petit corps mol et défait
avaient leur muette et pudique télégraphie. Mais
tout ce qui pouvait encore porter, dans une existence d'enfant condamné, le nom de superflu, de
plaisir et de jeu, gardait une dévotion à la parole
humaine, recherchait des mots justes et variés,
au service d'une voix harmonieuse et comme
mûrie par le long mal, à peine plus aiguë qu'une

voix de femme. Jean avait choisi les mots qui
convenaient au jeu de dames, au « solitaire »
étoilé de billes de verre, au trou-madame, à
maints divertissements désuets qui employaient
l'ivoire, le bois de citronnier et la marqueterie.
D'autres vocables, pour la plupart secrets,
s'appliquaient au jeu de « patience » suisse, cin-
quante-deux petites cartes glacées, encadrées et
filetées d'or comme une boiserie de salon. Les
reines s'y coiffaient en bergères, chapeaux de
paille relevés d'une rose, et les valets-bergers portaient houlette. À cause des rois barbus, hauts en
couleur avec de petits yeux durs de propriétaires
montagnards, Jean avait inventé une « patience »
qui excluait les quatre monarques rustauds.

« Non, pensa-t-il, ma chambre ne sent pas vraiment bon. Ce n'est pas la même lavande. Il me
semble qu'autrefois, quand je vivais debout...
Mais je peux avoir oublié. »

Il enfourcha un nuage de senteur qui passait à
portée de ses petites narines blanches et pincées,
et s'éloigna rapidement. Sa vie alitée le pour-
voyait de toutes les délectations de la maladie, y
compris la dose de malice filiale dont un enfant
entend ne jamais se priver, et il ne donnait là-
dessus aucun éclaircissement.

À califourchon sur la nue parfumée, il errait
dans l'air de la chambre, puis il s'y ennuya,
s'évada par l'imposte de vitre dépolie et longea le
couloir, suivi dans son vol par celui d'une grosse
mite d'argent, qui éternuait dans le sillage de la
lavande. Pour la distancer, il pressa de ses
genoux les flancs de la nue de senteur, avec une
vigueur et une aisance de cavalier que lui refusaient, en présence des êtres humains, ses
longues jambes inertes d'enfant à demi paralysé.

Évadé de sa vie passive, il savait chevaucher, passer au travers des murailles ; il savait surtout voler. Le corps incliné comme celui du plongeur qui descend à travers l'onde, il perçait nonchalamment, du front, un élément dont il connaissait les ressources et les résistances. Bras ouverts, il lui suffisait de biaiser l'une ou l'autre épaule pour modifier la direction de son vol, et d'un léger coup de reins il évitait le choc d'atterrissage. D'ailleurs il atterrissait rarement. Une fois, il s'était laissé imprudemment descendre, trop près de terre, au-dessus d'une prairie que paissaient des vaches.

Si près de terre, qu'il avait eu contre son visage une belle face étonnée de vache blonde, ses cornes en croissant, ses yeux qui miraient l'enfant volant comme deux lentilles grossissantes, tandis que les pissenlits en fleur, à même l'herbe, venaient à sa rencontre et s'élargissaient comme de petits astres... Il avait eu le temps de prendre appui à pleins doigts sur les hautes cornes pour se rejeter à reculons dans l'air et il se souvenait encore de la tiédeur des cornes lisses, de leur pointe émoussée et comme bienveillante. L'aboiement du chien berger, mouillé de rosée, qui accourait pour protéger sa vache, s'était perdu à mesure que l'enfant volant remontait dans son ciel familier. Jean se souvenait très nettement qu'il avait dû, ce matin-là, faire force de ses bras rémiges pour rebrousser chemin à travers une aube couleur de pervenche, planer sur une ville sommeillante, et tomber sur son lit laqué au creux duquel il s'était fait très mal, un mal tenace, brûlant sur les reins, tenaillant le long des fémurs, et tel qu'il n'avait pu cacher, à la pénétrante tendresse de Madame Maman, les deux traces nacrées de ses larmes...

— Mon petit garçon a pleuré?

— En rêve, Madame Maman, en rêve...

La nue de senteur agréable atteignit promptement le bout du corridor, buta du museau contre la porte qui donnait accès dans la cuisine.

— Ho ho! Ho ho! Quelle brute! Ah! ces lavandes mâtinées de serpolet! Elles vous casseraient la figure si on ne les tenait pas. Est-ce que c'est comme ça qu'on traverse une porte de cuisine?

Il serrait entre ses genoux, durement, la nue repentante et la guidait dans la région supérieure de la cuisine, parmi l'air attiédi qui séchait la lessive près du plafond. En baissant le front pour passer entre deux pans de linge, Jean rompit adroitement un cordon de tablier et le passa en guise de mors dans la bouche de la nue. Une bouche n'est pas toujours une bouche, mais un mors est toujours un mors, et peu importe ce qu'il bride.

« Où allons-nous? Il faut que nous soyons rentrés pour le dîner, et il est déjà tard... Pressons l'allure, Lavande, pressons... »

La porte de service franchie, il se fit un jeu de descendre l'escalier tête première, puis s'aida de quelques glissades sur le dos. La nue de lavande, effarée de ce qu'on lui demandait, renâclait un peu. « Oh! grosse pouliche de montagne! » disait l'enfant, et il éclatait de rire, lui qui dans sa vie cloîtrée ne riait jamais. En descendant follement il tira au passage les poils mêlés d'un chien de la maison, celui qui savait, disait-on, descendre jusqu'au trottoir, « faire ses besoins tout seul », remonter chez ses parents et gratter la porte. Surpris par la main de Jean, il cria et se rangea contre la rampe.

— Tu viens avec nous, Riki ? Je te prends en croupe.

D'une petite main puissante il enleva le chien, le jeta sur la croupe ballonnée et vaporeuse de la lavande qui, éperonnée de deux talons nus, dégringola les deux derniers étages. Mais là le chien pris d'épouvante sauta à bas de la croupe-édredon et remonta vers son logis en hurlant.

— Tu ne sais pas ce que tu refuses ! lui cria Jean. Moi aussi, dans les premiers temps, j'avais peur, mais maintenant... Regarde, Riki !

Cavalier et monture se jetèrent contre l'épaisse porte de la rue. À l'étonnement de Jean, ils se heurtèrent, non au malléable obstacle de chêne complaisant, de ferrures fondantes, de gros verrous qui disaient : « Oui, oui », en glissant mollement dans leurs gaines, ils rencontrèrent l'inflexible barrage d'une voix fermement ciselée qui chuchotait : « ... Qu'il s'est endormi... »

Suffoqué par le choc, navré du haut en bas, Jean perçut la cruelle consistance des deux mots « qu'il s'est, Kilcé, Kilsé », plus tranchants qu'une lame. Auprès d'eux le mot « en...dor...mi » gisait rompu en trois tronçons.

« En...dor...mi..., répéta Jean. C'est fini de la promenade à cheval, voilà l'En...dor...mi, roulé en boule ! Adieu... Adieu... »

Il n'eut pas le loisir de se demander à qui il jetait cet adieu. Le temps le pressait horriblement. Il appréhendait l'atterrissage. La nue four-bue manqua des quatre pieds qu'elle n'avait jamais eus ; avant de se disperser en gouttelettes froides elle jeta son cavalier, d'un tour de ses reins qui n'existaient pas, au vallon du lit laqué, et Jean gémit encore une fois d'un contact bru-tal...

— Tu dormais si bien..., dit la voix de Madame Maman.

Une voix, pensait son petit garçon, toute mélangée de lignes droites et de lignes courbes — une courbe, une droite — une ligne sèche — une ligne humide... Mais jamais il n'essaierait d'expliquer cela à Madame Maman.

D'abord parce qu'elle ne comprendrait pas, ensuite parce qu'il faut éviter d'inquiéter Madame Maman.

— Tu t'es réveillé en te plaignant, mon chéri, est-ce que tu avais mal?

Il fit signe que non, en agitant de droite à gauche son mince index, blanc et soigné. D'ailleurs la souffrance se calmait. Choir sur ce petit lit un peu revêche, il y était en somme habitué. Et que pouvait-on attendre d'une grosse nue bouffie et de ses manières de rustaude parfumée?

« La prochaine fois, pensa Jean, je monterai la Grande-Patinoire. » Ainsi se nommait, aux heures des paupières closes et de l'écran glissé entre l'ampoule claire et l'abat-jour, un immmmense coupe-papier nickelé, si grand qu'au lieu de deux *m*, il lui en fallait trois et souvent quatre pour son qualificatif.

— Madame Maman, vous voulez avancer un peu la Grande-Pat... je veux dire le grand coupe-papier, sous l'abat-jour? Merci beaucoup.

Pour préparer à loisir sa prochaine promenade, Jean tourna sa nuque sur l'oreiller. On coupait très courts ses cheveux blonds par-derrière, pour éviter qu'ils se feutrassent. Le haut de sa tête, ses tempes et ses oreilles se couvraient de boucles d'un blond doux, vaguement verdissant, un blond de lune hivernale, bien accordé au vert-de-mer de ses yeux, à son visage blanc comme un pétale.

« Qu'il est beau ! murmuraient les amies de Madame Maman. Il ressemble d'une façon frappante à l'Aiglon... » Là-dessus Madame Maman souriait de dédain, sachant bien que l'Aiglon, un peu lippu comme sa mère l'impératrice, eût envié les lèvres jointes, arquées, effilées aux coins, qui embellissaient Jean... Elle disait avec hauteur : « Il y a peut-être quelque chose... oui, dans le front... Mais, Dieu soit loué, Jean, lui, n'est pas tuberculeux ! »

Quand elle eut rapproché, d'une main exercée, la lampe et le grand coupe-papier, Jean vérifia la présence, sur la longue lame chromée, d'un reflet rose comme neige à l'aurore, accidenté de bleu, un étincelant paysage à la menthe. Puis il posa sa tempe gauche sur le ferme oreiller, écouta le son de gouttes et de fontaines que chantaient les brins de crin blanc, à l'intérieur du coussin, sous le poids de sa tête, et ferma à demi les yeux.

— Mais, mon petit garçon, il va être le moment de ton dîner..., dit en hésitant Madame Maman.

L'enfant malade sourit à sa mère avec indulgence. Il faut tout pardonner aux personnes bien portantes. D'ailleurs il était encore vaguement concassé de sa chute. « J'ai bien le temps », pensa-t-il, et il accentua son sourire, au risque de voir Madame Maman — devant certains sourires trop achevés, trop chargés d'une sérénité à laquelle elle donnait, seule, un sens — perdre contenance et sortir précipitamment de la chambre, en se cognant au battant de la porte.

— Si cela t'est égal, mon chéri, j'expédierai mon dîner toute seule dans la salle à manger, quand tu auras dîné sur ton plateau...

« Mais oui, mais oui », répondit le petit index blanc et condescendant, en se pliant deux fois.

« Nous savons, nous savons », dirent aussi les deux paupières bordées de cils, en clignant deux fois. « Nous savons ce que c'est qu'une dame Maman trop sensible, aux yeux de laquelle montent tout à coup une paire de larmes, comme une paire de pierres précieuses... Il y a bien des pierres précieuses pour les oreilles... Des boucles d'yeux, Madame Maman a des boucles d'yeux quand elle pense à moi. Elle ne s'habituera donc jamais à moi ?... Qu'elle est peu raisonnable... »

Comme Madame Maman se penchait sur lui, il leva ses bras, libres d'entraves, et se suspendit rituellement au cou maternel, qui se releva fièrement chargé et hissa le mince corps de l'enfant trop grand, le fin buste suivi des longues jambes, inertes maintenant mais qui savaient étreindre et maîtriser les flancs d'un nuage ombrageux...

Puis Madame Maman contempla un moment sa gracieuse œuvre infirme, assise contre un dur oreiller en forme de pupitre, et s'écria :

— À la bonne heure ! Ton plateau vient tout de suite. D'ailleurs, je vais presser Mandore qui n'est jamais exacte !

Elle sortit encore une fois.

« Elle sort, elle entre... Elle sort surtout. Elle ne veut pas me quitter, mais elle ne cesse de sortir de ma chambre. Elle s'en va essuyer sa paire de larmes. Elle a cent raisons de sortir de ma chambre ; si elle en manquait, par hasard, je lui en fournirais mille... Mandore n'est jamais en retard. »

En tournant la nuque avec précaution, il regarda entrer Mandore. N'était-il pas juste et inévitable que ventrue, dorée, sonore à tous

chocs, harmonieuse de par sa belle voix, de par
ses yeux lustrés comme le bois précieux des
luths, cette forte servante répondît au nom de
Mandore ? « Sans moi, pensait Jean, elle en serait
encore à s'appeler Angélina. »

Mandore traversa la chambre, sa jupe rayée de
jaune et de marron retentit, au frôler des
meubles, d'amples sons de violoncelle que Jean
était seul à percevoir. Elle posa en travers du lit
la petite table à pieds bas, nappée de linge brodé,
qui soutenait une jatte fumante.

— Le voilà, ce dîner !

— C'est quoi ?

— C'est d'abord la phosphatine, tiens donc !
Après... Vous verrez bien.

L'enfant malade reçut sur tout son corps mi-
couché le réconfort d'un regard capiteux et brun,
vaste, désaltérant : « Que c'est bon, cette bière
brune des yeux de Mandore ! Comme elle est gentille, elle aussi, pour moi !... Comme tout le
monde est gentil pour moi !... S'ils pouvaient se
retenir un peu... » Épuisé sous le faix de la gentillesse universelle, il ferma les yeux, et les rouvrit au tintement des cuillers. Cuillers à potions,
cuillers à potage, cuillers à entremets... Jean
n'aimait pas les cuillers, exception faite d'une
bizarre cuiller d'argent à longue tige torse, qui
d'un bout s'achevait en petite rondelle guillochée.
« C'est un écrase-sucre, disait Madame Maman.

— Et l'autre bout de la cuiller, Madame Maman ?

— Je ne sais pas bien. Je crois que c'était une
cuiller à absinthe... » Et son regard glissait
presque toujours à ce moment-là vers un portrait
photographique du père de Jean, le mari qu'elle
avait perdu si jeune, « ton cher papa, mon Jean »,
et que Jean désignait froidement par les mots —

des mots pour le silence, pour le secret — « ce monsieur accroché dans le salon ».

À part la cuiller à absinthe — absinthe, absinthe, abside, sainte abside —, Jean ne se plaisait qu'aux fourchettes, démons quatre fois cornus, sur lesquels s'empalaient la noisette de mouton, un petit poisson convulsé dans sa friture, un cadran de pomme et ses deux yeux de pépins, un croissant d'abricot en son premier quartier, givré de sucre...

— Jean chéri, tends ton bec...

Il obéit en fermant les yeux, but un remède à peu près insipide, sauf une passagère mais inavouable fadeur qui masquait le pire... Dans le secret de son vocabulaire, Jean appelait cette potion « le ravin aux cadavres ». Mais rien n'aurait pu arracher de lui, jeter pantelantes aux pieds de Madame Maman des syllabes aussi affreuses.

La soupe phosphatée suivit, inévitable, grenier mal balayé, calfaté de vieille farine dans les coins. Mais on lui pardonnait tout, à celle-là, en faveur de ce qui flottait d'irréel sur sa bouillie claire : un souffle floral, le poudreux parfum des bleuets que Mandore achetait par bottillons dans la rue, en juillet, pour Jean...

Un petit cube d'agneau grillé passa vite. « Courez, agneau, courez, je vous fais bonne figure, mais descendez en boule dans mon estomac, je ne vous mâcherais pour rien au monde, votre chair bêle encore, et je ne veux pas savoir que vous êtes rose à l'intérieur ! »

— Il me semble que tu manges bien vite, ce soir, Jean ?

La voix de Madame Maman tombait du haut de la pénombre, peut-être de la corniche en

plâtre coquillé, peut-être de la grande armoire...
Une mansuétude particulière de Jean concédait à
Madame Maman le pouvoir d'atteindre, en haut
de l'armoire, un climat qui était celui du linge de
la maison. Elle y parvient au moyen de l'échelle
double, devient invisible derrière le vantail de
droite, et redescend chargée de grandes dalles de
neige, taillées à même l'altitude. Son ambition se
borne à cette récolte. Jean va plus loin, plus haut,
s'élance seul vers des cimes candides, pénètre
dans une paire impaire de draps, reparaît dans le
pli bien cylindré d'une paire paire, — et quelles
glissades, et quels vertiges entre les rigides serviettes damassées, — et sur telle alpe à rinceaux
glacés et bordures grecques, quel grignotage des
brins de lavande sèche, de leurs fleurs égrenées,
des grosses et crémeuses racines d'iris...

C'est de là qu'il redescend à l'aube, tout raidi
de froid, pâle dans son lit, faible et malicieux :
« Jean!... Mon Dieu, il se sera encore découvert
en dormant! Mandore, vite une boule chaude! »
Tout bas, Jean s'applaudit d'être toujours rentré
à temps, et note, sur une page invisible du carnet
caché dans le coin actif et battant de son flanc,
qu'il appelle sa « poche de cœur », les péripéties
de son ascension, la chute des étoiles et le tintement orangé des cimes touchées par l'aurore...

— Je mange vite, Madame Maman, parce que
j'ai faim.

Car il est vieux en toutes ruses, et ne s'agit-il
pas qu'aux mots « j'ai faim » Madame Maman
rougisse de joie?

— Si c'est vrai, mon chéri, je regrette de ne te
donner pour ton dessert que de la marmelade de
pommes. Mais j'ai recommandé à Mandore
d'ajouter du zeste de citron et un petit bâton de
vanille pour parfumer.

Jean fit front, résolument, à la marmelade de pommes, acide jeune fille de province âgée d'environ quinze ans, qui, comme les autres filles du même âge, n'avait pour le garçon de dix ans que hauteur et dédain. Mais ne les lui rendait-il pas ? N'était-il pas armé contre elle ? Ne boitillait-il pas agilement, en s'appuyant sur le bâton de vanille ? « Toujours trop court, toujours, ce petit bâton », murmura-t-il sur son mode insaisissable...

Mandore revenait, et sa jupe ventrue, à larges rayures, s'enflait d'autant de côtes qu'un melon. En marchant, elle faisait sonner — pour Jean seul, tzrromm, tzrromm — les cordes intérieures qui étaient l'âme même, la riche harmonie de Mandore...

— Vous avez déjà fini votre dîner ? À manger si vite, il vous remontera. Ce n'est pas votre habitude.

Madame Maman d'un côté, Mandore de l'autre, elles se tenaient près de son lit. « Qu'elles sont grandes !... Madame Maman prend peu de place en largeur, dans sa petite robe vin-de-bordeaux. Mais Mandore, outre sa caisse de résonance, s'augmente de deux anses arrondies, les mains à la taille. » Jean défit, résolu, la marmelade de pommes, la dispersa sur l'assiette, la refoula en festons sur le marli doré, et encore une fois la question du dîner fut réglée.

Le soir d'hiver était descendu depuis longtemps. En savourant son demi-verre d'eau minérale, l'eau mince, furtive, légère, qu'il croyait verte parce qu'il la buvait dans un gobelet vert pâle, Jean calculait qu'il lui fallait encore un peu de courage pour fermer sa journée de malade. Encore la toilette pour la nuit, les soins minu-

tieux et inéluctables, qui réclamaient l'aide de
Madame Maman et même — tzromm, tzromm
—, l'assistance sonore et gaie de Mandore;
encore la brosse à dents, les gants-éponge, le bon
savon et l'eau tiède, les précautions conjuguées
qui préservent les draps de toute mouillure;
encore les tendres inquisitions maternelles...

— Mon petit garçon, tu ne peux pas dormir
ainsi, tu as justement la reliure du grand Gustave
Doré qui te meurtrit le flanc, et cette nichée de
petits volumes partout dans ton lit avec leurs
coins pointus... Tu ne veux pas que je rapproche
la table?

— Non, Madame Maman, merci, je suis très
bien comme ça...

La toilette finie, Jean luttait contre l'ivresse de
la fatigue. Mais il connaissait la limite de ses
forces et ne tentait pas d'échapper aux rites qui
préparaient la nuit et les prodiges qu'elle pouvait capricieusement engendrer. Il craignait
seulement que la sollicitude de Madame Maman
ne prolongeât, au-delà de ce qui était possible,
la durée du jour, ne ruinât un édifice matériel
de volumes, de meubles, un équilibre de lumière
et d'ombres, assuré par Jean et révéré, qui lui
coûtait ses derniers efforts jusqu'à l'heure
extrême de dix heures. « Si elle reste, si elle
insiste, si elle veut me soigner encore quand la
grande aiguille penchera à droite du XII, je vais
me sentir devenir blanc, plus blanc, encore plus
blanc, mes yeux s'enfonceront, je ne pourrai
même pas répondre les non-merci-très-bien-
Madame-Maman-bonsoir, qui lui sont absolument nécessaires et... et... ce sera terrible, elle
sanglotera... »

Il sourit à sa mère, et la majesté dont le mal

gratifie les enfants qu'il frappe naquit dans le pli de flamme de sa chevelure, descendit sur ses paupières, se fixa amèrement sur ses lèvres. C'était l'heure où Madame Maman eût aimé s'abîmer dans la contemplation de son œuvre massacrée et ravissante...

— Bonne nuit, Madame Maman, dit l'enfant très bas.

— Tu es fatigué ? Tu veux que je te laisse ?

Il fit encore un effort, ouvrit grands ses yeux couleur de mer bretonne, manifesta de tous ses traits la volonté d'être beau et dispos, abaissa courageusement ses épaules hautes :

— Est-ce que j'ai l'air d'un garçon fatigué ? Madame Maman, je vous le demande !

Elle ne répondit que d'un signe de tête espiègle, embrassa son fils et partit en emportant ses cris d'amour refrénés, ses adjurations jugulées, ses litanies qui imploraient le mal de s'éloigner, de dénouer les entraves des longues jambes faibles, des reins amaigris mais non difformes, de rendre au sang appauvri sa libre course dans les branchages verts des veines...

— J'ai mis deux oranges sur l'assiette. Tu n'as pas besoin que j'éteigne la lampe ?

— Je l'éteindrai moi-même, Madame Maman.

— Mon Dieu, où ai-je la tête ? Nous n'avons pas pris ta température ce soir !

Une brume s'interposa entre la robe grenat de Madame Maman et son fils. Ce soir-là, Jean brûlait de fièvre avec mille précautions, un petit feu couvant au creux de ses paumes, un wou-wou-wou battant dans la conque des oreilles, et des fragments de couronne chaude autour des tempes...

— Nous la prendrons demain sans faute, Madame Maman.

— La poire de la sonnerie est sous ton poignet. Tu es bien sûr que tu ne préférerais pas, pendant les heures où tu es seul, avoir la compagnie d'une veilleuse, tu sais, une de ces jolies veill...

La dernière syllabe du mot trébucha dans un pli d'obscurité, et Jean croula avec elle. « C'était pourtant un bien petit pli, se reprochait-il en tombant. Je dois avoir une grosse bosse derrière le cou. J'ai l'air d'un zébu. Mais z'ai bu, oui, z'ai vien vu que Madame Maman n'a rien bu, non, n'a rien vu tomber. Elle était bien trop occupée de tout ce qu'elle emporte le soir dans sa jupe en me quittant, ses petites prières, les remarques qu'elle doit communiquer au médecin, le grand chagrin que je lui fais en ne voulant personne près de moi, la nuit... Tout ça, qu'elle emporte dans sa jupe relevée, et qui déborde et qui roule sur le tapis, pauvre Madame Maman... Comment lui faire comprendre que je ne suis pas malheureux ? Il paraît qu'un garçon de mon âge ne peut ni vivre couché, ni être pâle et privé de ses jambes, ni souffrir, sans être malheureux. Malheureux... je l'étais encore quand on me promenait dans une voiture... Une pluie de regards m'inondait. Je me rétrécissais pour en recevoir un peu moins. Une grêle de "Qu'il est joli !" et de "Comme c'est dommage !" me prenait pour cible... Maintenant, je n'ai pour malheurs que les visites de mon cousin Charlie, ses genoux écorchés, ses souliers à clous, et ce mot "boy-scout", moitié acier, moitié caoutchouc, dont il m'écrase... Et cette jolie petite fille qui est née le même jour que moi, qu'on appelle tantôt ma sœur de lait, tantôt ma fiancée. Elle travaille la danse. Elle me voit couché, alors elle se dresse sur le bout de ses orteils, et dit : "Regarde comme je fais des pointes." Mais ce sont des taquineries. Une heure vient, le soir, où les taquineries s'endorment. Voici l'heure où tout est bien. »

Il éteignit la lampe et regarda paisiblement monter autour de lui sa compagnie nocturne, le chœur des formes et des couleurs. Il attendit l'éclosion symphonique, et la foule que Madame Maman nommait sa solitude. Il retira de dessous son bras la poire de la sonnette, jouet de malade en émail clair-de-lune, et la posa sur la table de chevet. « Maintenant, éclaire ! » commanda-t-il.

Elle n'obéit pas tout de suite. La nuit extérieure n'était pas si noire qu'on ne distinguât, balancée derrière une des vitres, l'extrême branche d'un marronnier du boulevard, défeuil-lée, qui demandait secours. Sa pointe renflée affectait la forme d'un débile bouton de rose. « Oui, tu vas encore chercher à m'apitoyer en me disant que tu es le bourgeon de la saison pro-chaine. Tu sais pourtant combien je suis dur à tout ce qui me parle de l'an prochain. Reste dehors. Disparais. Sombre ! Comme dirait mon cousin : joues-en un air... »

Sa pureté se dressa de toute sa hauteur, flétrit d'une flétrissure de plus ce cousin aux genoux écorchés et violâtres, et son vocabulaire émaillé de « Et comment, je mets les bâtons, très peu pour moi, ah ! mince ! » et surtout de « pensez ! » et de « je comprends ! », comme si pensée et pénétration eussent pu ne pas fuir épouvantées, de toutes leurs pattes délicates de grillons savan-tissimes, un tel garçon chaussé de clous et de boue sèche...

À la vue seule du cousin Christian, Jean essuyait ses doigts à son mouchoir, comme pour les débarrasser d'un sable grossier. Car Madame

Maman et Mandore, interposées entre l'enfant et
la laideur, l'enfant et les verbes outrageants,
l'enfant et les lectures de basse sorte, lui avaient
donné de ne connaître et chérir que deux luxes :
la délicatesse et la souffrance. Protégé, précoce,
il s'était emparé promptement des hiéroglyphes
de la typographie, allant aussi follement au travers des livres qu'à chevaucher les nuées, forcer
les paysages inscrits sous les surfaces polies, ou
rassembler autour de lui ce qui, pour tels privilé-
giés, peuple secrètement l'air.

Il ne se servait guère du stylo d'argent gravé de
ses initiales, depuis le jour où sa véloce et mûre
écriture avait ému de surprise et pour ainsi dire
offensé le médecin aux mains froides : « Est-ce là
l'écriture d'un jeune enfant, madame ? — Oui,
oui, docteur, mon fils a une écriture très for-
mée... » Et les yeux de Madame Maman, anxieux,
s'excusaient : « Ce n'est pas dangereux, docteur,
au moins ? »

Il se retenait aussi de dessiner, craignant les
trahisons, la loquacité d'un croquis, car, ayant
esquissé le portrait de Mandore avec tout son
clavier de résonances intérieures, la silhouette
d'une pendule d'albâtre à quatre colonnes en
pleine action — rude galopeuse ! —, le chien Riki
aux mains du coupeur de cheveux et coiffé,
comme Jean lui-même, « à l'Aiglon », Jean,
effrayé de la ressemblance de ses essais, avait
prudemment déchiré ses premières œuvres.

— Vous n'aimeriez pas un album, mon jeune
ami, et des crayons de couleur ? C'est un jeu dis-
trayant, et bien de votre âge. » À la suggestion
qu'il jugea extra-médicale, Jean ne répondit que
par un regard serré entre ses cils, un grave et viril
regard qui mesurait le médecin donneur de

conseils : « Ce n'est pas mon gentil coupeur de cheveux qui se permettrait de pareils propos ! » Il ne pardonnait pas au médecin d'avoir osé un jour le questionner, hors de la présence maternelle : « Et pourquoi diable appelez-vous votre mère madame ? » Le regard mâle et courroucé, la faible voix musicale s'étaient mis d'accord pour répondre : « Je ne pensais pas que le diable eût à se mêler de cela. »

Le gentil faucheur de cheveux s'acquittait autrement de sa mission, et contait à Jean sa vie dominicale. Tous les dimanches, il pêchait à la ligne, autour de Paris. D'une volte étincelante de ses ciseaux, il enseignait le geste qui dépêche au loin le bouchon et l'appât, et Jean fermait les yeux sous la fraîcheur des gouttes d'eau, épanouies en roues quand, victorieusement, le pêcheur relevait sa ligne chargée...

— Quand vous serez guéri, monsieur Jean, je vous emmène avec moi au bord de la rivière...

— Oui, oui, acquiesçait Jean, les yeux fermés...

« Quel besoin ont-ils tous de me guérir ? Je *suis* au bord de la rivière. Que ferais-je d'un chevesne-comme-voilà-ma-main et d'un brocheton-comme-voilà-votre-coupe-papier ? »

— Gentil coupeur de cheveux, racontez-moi encore...

Et il écoutait l'histoire des papillons crépusculaires, collés sous l'arche d'un petit pont, appâts impromptus qui avaient capturé « un wagon » de truites, moyennant un bâton de coudrier coupé dans la haie et trois bouts de ficelle noués l'un à l'autre...

Sur l'accompagnement agaçant et frais des ciseaux gazouilleurs, le récit commençait :

— Vous vous en allez jusqu'à un méchant bras de rivière large comme-voilà-ma-cuisse, qui s'élargit à la traversée du pré. Vous voyez deux-trois saules ensemble, et un peu de taillis : c'est là...

« C'est là, répétait Jean en lui-même. Je sais bien que c'est là... »

Autour des deux-trois saules, Jean avait transplanté, dès le premier jour, les grands épis de l'aigremoine eupatoire, extirpés du grand Album botanique, et les chanvres à fleurs roses, qui attirent et endorment les papillons et les enfants fatigués. La tête monstrueuse et élaguée du plus vieux saule, sous sa couronne de convolvulus blancs, grimace pour Jean seul. Un saut de poisson crève la peau miroitante de la rivière, deux sauts de poisson... Le gentil coiffeur, occupé à son appât, les a entendus et se retourne.

— I' s' moquent de moi, ceux-là !... Mais je les aurai.

— Non, non, proteste Jean, c'est moi qui ai jeté deux petits cailloux dans l'eau...

La rainette chante, l'après-midi imaginaire passe...

« La rainette chante, rêve Jean, quand elle s'écrit avec un *a* et qu'elle est assise invisible sur son radeau de nénuphar. L'autre reinette, la grise, pend toute ronde au bout d'une branche de pommier, et elle ne chante pas... »

Le faucheur de toison blonde, la rivière et le pré s'effaçaient comme un songe, laissant sur le front de Jean un parfum banal et doux, une houppe ondulée de cheveux blonds... Jean, éveillé, écoutait un chuchotement, venu du salon, un long colloque bas entre Madame Maman et le docteur, d'où s'échappait un mot qui venait, frétillant et crépu, retrouver Jean, le mot « crise ». Parfois il entrait cérémonieux, féminin, paré pour la distribution des prix, un *h* sur l'oreille, un *y* au corsage : Chryse, Chryse Saluter. « Vraiment ? Vraiment ? », disait la voix pressante de Madame Maman. « J'ai dit : peut-être... », répliquait la voix du docteur, une voix mal d'aplomb sur un pied, et vacillante. « Une crise salutaire, mais dure... » Chryse Saluter-Médure, jeune créole de l'Amérique tropicale, gracieuse dans sa robe de lingerie blanche à volants...

La subtile oreille de l'enfant recueillait aussi le nom d'une autre personne, qu'il convenait sans doute de tenir secret. Un nom incomplet, quelque chose comme Alyzie Effanti, Lysie Infantil, et il avait fini par croire qu'il s'agissait d'une petite fille accablée, elle aussi, d'immobilité douloureuse, dotée de deux longues jambes inutiles, et de qui l'on parlait à l'écart pour qu'il ne fût pas jaloux...

Obtempérant à l'ordre reçu, la branche extrême du marronnier et son message du printemps à venir avaient naufragé dans la nuit. Quoique Jean l'en eût requise une seconde fois, la sonnette en forme de poire n'illuminait pas, de son feu opalin et mollement délimité, la table de chevet porteuse d'eau minérale, de jus d'orange, du grand coupe-papier chromé qui couvait une aurore alpestre, de la montre myope au cristal bombé et du thermomètre... Aucun livre sur la table n'attendait le choix de Jean. Les textes imprimés, quel que fût leur format et leur poids, dormaient clos, veillaient ouverts dans la même couche que l'enfant malade. Une grande tuile de reliure, au pied du lit, pesait parfois sans qu'il s'en plaignît sur ses jambes qu'une vie avare irriguait.

De ses bras restés valides, il tâtonna autour de lui, ramena quelques tomes brochés, haillonneux et tièdes. Un volume ancien darda, de dessous l'oreiller, sa corne amicale. Les brochés, tassés en coussin, prirent leur place contre une petite hanche de garçonnet maigre, et la tendre joue enfantine se pressa contre la reliure de veau blond, qui datait d'un siècle. Sous son aisselle, Jean vérifia la présence d'un dur compagnon favori, un volume trapu comme un pavé, bougon, robuste, qui trouvait le lit trop doux et s'en allait généralement finir sa nuit par terre, sur le tapis de chèvre blanche.

Angles des cartonnages, salières, vallons et sinus d'une fragile anatomie s'emboîtaient de bonne amitié. La meurtrissure passagère faisait prendre patience à la douleur chronique. Certains petits supplices volontaires, infligés entre l'oreille et l'épaule par le veau blond cornu, déplaçaient, amendaient les tourments qu'enduraient la même région et le misérable petit dos, ailé d'omoplates saillantes... « Qu'as-tu là ? disait Madame Maman, c'est comme un coup. Je n'arrive pas à comprendre, vraiment... » De bonne foi, l'enfant meurtri cherchait, un moment, puis se répondait en lui-même : « Là... Mais oui, voyons... C'est cet arbre, que je n'ai pas évité... C'est ce petit toit, auquel je m'accoudais pour voir rentrer les moutons... C'est ce gros râteau, qui m'est tombé sur la nuque, pendant que je buvais à la fontaine... Encore heureux que Madame Maman n'ait pas vu au coin de mon œil la petite entaille, la trace du bec de l'hirondelle que j'ai heurtée en l'air... Je n'ai pas eu le temps de l'éviter, elle était dure comme une faux. Il est vrai que c'est si petit, un ciel... »

La rumeur de ses nuits montait, attendue, sinon familière, variable selon le songe, la faiblesse, la fièvre, la fantaisie d'une journée que Madame Maman croyait tristement pareille aux autres journées. Ce nouveau soir ne ressemblait en rien à la soirée d'hier. L'obscurité est riche de noirs sans nombre. « Le noir est tout violet, cette nuit. J'ai si mal dans... dans quoi? Dans le front. Non, qu'est-ce que je dis? C'est toujours mon dos... Mais non, c'est un poids, deux poids qui sont pendus à mes hanches, deux poids en forme de pomme de pin comme ceux de la comtoise de la cuisine. Éclaireras-tu, toi, à la fin? »

Pour intimer un ordre à la poire d'émail, il prit appui, de la tempe, sur la reliure de cuir blond, et frémit de la trouver si froide : « Si elle est glacée, c'est que je brûle. » Aucune lueur ne coulait du fruit d'émail sur la table de chevet. « Qu'a-t-elle? Et qu'ai-je donc, pour que déjà la porte d'entrée, cet après-midi, m'ait résisté? » Il étendit la main dans l'air nocturne et peuplé, trouva sans tâtonner le fruit ténébreux. Changeant capricieusement de source, la lumière s'éveilla sur la grosse face myope de la montre sphérique. « De quoi te mêles-tu? murmura Jean. Contente-toi de savoir dire l'heure. »

La montre mortifiée s'éteignit, et Jean poussa le soupir de la puissance satisfaite. Mais de ses flancs durcis il n'obtint qu'un gémissement. Aussitôt un vent qu'il reconnut entre tous, le vent qui rompt les pins, échevèle les mélèzes, couche et élève les dunes, se mit à mugir, emplit ses oreilles, et les images, interdites au songe banal, qui ne franchit pas la frange des paupières closes, s'insurgèrent, voulurent bondir libres, mettre à profit la chambre illimitée. Les unes, bizarrement horizontales, quadrillaient la foule verticale de celles qui s'étaient dressées d'un trait. « Des visions écossaises », pensa Jean.

Son lit tremblait légèrement, ébranlé par la vibrante ascension de la Grande Fièvre. Il se sentit allégé de trois ou quatre années, et la peur, qu'il ne connaissait presque pas, le sollicita. Il faillit appeler : « À l'aide, Madame Maman ! On emporte votre petit garçon ! »

Ni dans ses chevauchées, ni dans le riche domaine des sons les plus étranges — sons bossus porteurs d'ampoules résonnantes sur leurs têtes, sur leurs dos de hannetons, sons pointus à museaux de mangoustes —, nulle part Jean n'avait vu, subi, formé pareil essaim, que l'ouïe comme une bouche dégustait, que l'œil épelait douloureux et épris. « Au secours, Madame Maman ! Aidez-moi ! Vous savez bien que je ne peux pas marcher ! Je ne sais que voler, nager, rouler de nuage en nuage... » Au même moment, quelque chose d'indicible, d'oublié, s'émouvait dans son corps, très loin, à des distances infinies, tout au bout de ses jambes inutiles, un désordre de fourmis clairsemées et perdues. « À l'aide, Madame Maman ! »

Mais une autre âme, dont les décisions ne dépendaient ni de l'impotence, ni des bienfaits maternels, fit un signe hautain qui imposait le silence. Une contrainte féerique maintint Madame Maman au-delà de la cloison, dans le lieu où elle attendait, modeste et anxieuse, d'être aussi grande que son petit garçon.

Il ne cria donc pas. Aussi bien les inconnus, les fabuleux étrangers déjà commençaient leur rapt.

Surgissant de toutes parts, ils lui versèrent la
brûlure et le gel, le supplice mélodieux, la couleur comme un pansement, la palpitation comme
un hamac, et tourné déjà pour s'enfuir immobile
vers sa mère, il opta soudain et se jeta, au gré de
son vol, à travers les météores, les brumes, les
foudres qui moelleux l'accueillirent, se refer-
mèrent, se rouvrirent, et tout près d'être parfaitement heureux, ingrat et gai, épanoui dans sa solitude d'enfant unique, ses privilèges d'infirme et
d'orphelin, il perçut qu'un petit bris triste, cris-
tallin, le séparait d'un bonheur dont il avait
encore à apprendre le beau nom concave et
doré : la mort. Un petit bris triste et léger, venu
peut-être d'une planète à jamais quittée... Le son
clair et chagrin, lié à l'enfant qui devait mourir,
montait si fidèle que l'évasion éblouissante cherchait en vain à le distancer.

Peut-être son voyage dura-t-il longtemps. Mais
délivré du sens de la durée, il ne jugeait que de sa
variété. Souvent il crut suivre un guide, indistinct et lui-même égaré. Alors il gémissait de ne
pouvoir assumer une responsabilité de pilote, et
il entendait son propre gémissement d'orgueil
abaissé, ou de fatigue telle qu'il abandonnait son
périple, quittait le sillage d'une rafale fusiforme,
et se réfugiait recru dans un coin.
Là le prenait l'angoisse d'habiter un pays sans
coin, sans subtances anguleuses, un courant gla-
cial d'air obscur, une nuit au sein de laquelle il
n'était plus qu'un garçonnet perdu et en pleurs.
Puis il se dressait sur de nombreuses jambes soudain multipliées, promues au grade d'échasses,
qu'une douleur tranchante fauchait par fagots
cliquetants. Puis tout sombrait, le vent aveugle
l'informait seul de la rapidité de sa course. En

passant d'un continent familier à une mer inconnue, il surprenait quelques mots d'une langue
qu'il s'étonnait de comprendre :

— Le bruit du gobelet brisé m'a réveillée...

— Madame voit qu'il claque des lèvres,
Madame ne croit pas qu'il veut boire ?

Il eût aimé savoir le nom de cette voix.
« Madame... Madame... Quelle Madame ?... »
Mais déjà la vitesse buvait les paroles et leur sou-
venir.

Par une nuit pâle, à la faveur d'un arrêt dont
ses tempes vibrèrent, il cueillit ainsi quelques syllabes humaines et voulut les redire. L'arrêt
brusque l'avait mis douloureusement en face
d'un objet rêche, consistant, interposé entre deux
mondes nobles et inhabités. Un objet sans desti-
nation, rayé finement, hérissé de très petits poils,
et mystérieusement complice — il le découvrit
après — d'horribles mon-jeune-ami. « C'est une...
je sais... une... manche... » Aussitôt il se rejeta
ailé, tête basse, parmi le rassurant chaos.

Une autre fois, il vit une main. Munie de doigts
fluets, la peau un peu gercée et les ongles tachés
de blanc, elle repoussait une masse merveilleuse,
qui accourait zébrée du fond de l'horizon. Jean
se mit à rire. « Pauvre petite main, la masse n'en
fera qu'une bouchée, pensez, une masse toute
rayée noire et jaune, et qui a l'air si intelligente ! »
La petite main faible luttait, tous ses doigts écar-
tés, et les zébrures parallèles commençaient à se
distendre, à diverger et ployer comme des barreaux mous. Un grand hiatus s'ouvrit entre elles
et avala la main fragile, que Jean se prit à regretter. Ce regret retardait son voyage, et d'un effort
il s'élança de nouveau. Mais il emportait le
regret, assimilable au tintement tenace d'un

gobelet brisé autrefois, très longtemps auparavant. Dès lors, et quels que fussent les remous, les abîmes qui berçaient un vertige inoffensif, son voyage fut troublé par des échos, des sons de pleurs, un soucieux essai de ce qui ressemblait à une pensée, par un attendrissement importun.

Un aboiement sec déchira soudain les espaces, et Jean murmura : « Riki... » Au loin il entendit une sorte de sanglot qui répétait : « Riki ! Madame, il a dit Riki ! » Un autre bégaiement redit : « Il a dit Riki... Il a dit Riki... »

Une petite force frémissante et dure, dont il perçut la double préhension sous ses aisselles, sembla vouloir le hisser vers une cime. Il s'en trouva meurtri, et grommela. S'il avait pu transmettre ses instructions à la petite force et à ses angles, il lui eût enseigné qu'on ne traite pas ainsi un voyageur de marque, qu'il est pour lui des véhicules immatériels, des coursiers non ferrés, des traîneaux chargés de tracer sur l'arc-enciel des ornières septicolores... Qu'il n'acceptait d'être molesté que par des... des éléments dont la nuit seule déchaîne et contrôle la puissance... Que par exemple le ventre d'oiseau, qui vient de se poser au long de sa joue, n'a aucun droit... Et d'ailleurs ce n'est pas un ventre d'oiseau, puisqu'il n'est pas emplumé, mais seulement borné par une mèche de long pelage... « Ce serait, pensa-t-il, une joue, s'il était dans l'univers une autre joue que la mienne... Je veux parler, je veux renvoyer cette... cette fausse joue... Je défends qu'on me touche, je défends... »

Pour assumer la force de parler, il aspira l'air par ses narines. Avec l'air pénétra le prodige, l'enchantement de la mémoire, l'odeur d'une chevelure, d'un épiderme qu'il avait oubliés de l'autre côté du monde, et que précipitait en lui un courant de souvenir torrentiel. Il toussa, luttant contre la montée de ce qui nouait sa gorge, étanchait une soif tapie au coin desséché de ses lèvres, salait ses paupières débordantes et lui voilait, miséricordieusement, son retour au dur lit d'atterrissage... Sur une étendue sans nom une voix dit, répercutée à l'infini : « Il pleure... mon Dieu, il pleure... » La voix sombra dans une sorte d'orage d'où surgissaient des syllabes disjointes, des hoquets, des appels à quelqu'un de présent, de caché... « Vite, vite, venez ! »

« Que de bruit, que de bruit », pensait l'enfant avec blâme. Mais de plus en plus il serrait inconsciemment sa joue contre la surface douce, lisse, limitée par une chevelure, et il buvait sur elle une amère rosée, versée perle à perle... Il détourna sa tête, rencontra en route un val étroit, un nid moulé juste à sa mesure. Le temps de nommer en lui-même « l'épaule de Madame Maman », et il y perdit connaissance, ou bien il s'y endormit.

Il revint à lui pour entendre sa propre voix, légère, un peu moqueuse : « D'où donc venez-vous, Madame Maman ? »

Rien ne lui répondit, mais le délice d'un quartier d'orange, glissé entre ses lèvres, lui rendit sensibles le retour, la présence de celle qu'il cherchait. Il la sut inclinée sur lui, dans cette attitude soumise qui lui ployait la taille, lui fatiguait le dos. Vite épuisé, il se tut. Mais déjà mille soucis l'assaillaient et il vainquit sa faiblesse pour contenter le plus urgent : « Vous avez changé mon pyjama, Madame Maman, pendant que je dormais ? Quand je me suis couché, hier, j'en avais un bleu et celui-ci est rose... »

— Madame, ce n'est pas croyable! Il se sou-
vient qu'il avait un pyjama bleu, la première nuit
où...

Il négligea le reste de la phrase que venait de
chuchoter une grosse voix chaude et s'abandonna à des mains qui lui retiraient son vêtement humide. Des mains aussi adroites que des
vagues, entre lesquelles il se berçait sans poids ni
dessein...

— Il est trempé... Roulez-le dans le grand peignoir, Mandore, sans lui passer les manches.

— Le calo marche bien, Madame, n'ayez
crainte. Et je lui ai mis une boule chaude toute
fraîche. Il est tout mouillé, ma foi...

« Si elles savaient d'où je viens... On serait
mouillé à moins..., pensait Jean. Je voudrais bien
me gratter les jambes ou bien qu'on m'ôte ces
fourmis... »

— Madame Maman...

Il recueillit le mutisme, l'immobilité vigilante
qui étaient la réponse de Madame Maman aux
aguets :

— Voudriez-vous, s'il vous plaît... me gratter
un peu les mollets, parce que ces fourmis...

Du fond du silence, quelqu'un murmura, avec
un respect étrange :

— Il sent des fourmis... Il a dit les fourmis...

Serré dans le peignoir trop grand, il tenta de
hausser les épaules. Mais oui, il avait dit les fourmis. Qu'y avait-il d'étonnant à ce qu'il eût dit Riki
et les fourmis? Une rêverie le porta, allégé, aux
confins de la veille et du sommeil, le frôlement
d'une étoffe l'en ramena. Entre ses cils il
reconnut la manche haïssable, toute proche, les
chevrons bleus, les petits poils de laine, et son
ressentiment lui rendit des forces. Il refusa d'en

voir davantage, mais une voix vint ouvrir ses paupières fermées, une voix qui disait : « Eh bien, mon-jeune-ami... »

« Je le chasse, je le chasse !..., cria Jean en lui-même. Lui, sa manche, son mon-jeune-ami, ses petits yeux, je les maudis, je les chasse ! » Il s'exténuait d'irritation, et haletait.

— Eh bien, eh bien... Qu'est-ce qu'il y a ? Voilà bien du mouvement... Là... Là...

Une main se posa sur la tête de Jean. Impuissant à se révolter, il espéra foudroyer, d'un coup d'œil, l'agresseur. Mais il ne trouva, assis sur la chaise de chevet réservée à Madame Maman, qu'un brave homme un peu lourd, un peu chauve, dont les yeux, en croisant les siens, se mouillèrent :

— Mon petit, mon petit... C'est vrai que vous avez des fourmis dans les jambes ? C'est vrai ? C'est bien gentil, ma foi, c'est bien gentil... Vous ne boiriez pas un demi-verre de limonade ? Vous ne suceriez pas une cuillerée de sorbet au citron ? Une gorgée de lait coupé ?

La main de Jean s'abandonna à de gros doigts très doux, une paume tiède. Il murmura un acquiescement confus, dont il ne discernait pas lui-même s'il s'excusait, s'il souhaitait le sorbet, le breuvage, le lait « coupé »... Pâli jusqu'au gris défaillant entre un large cerne et les sourcils sombres, son regard saluait deux petits yeux d'un bleu gai, clignotants, humides, tendres...

Le reste du temps nouveau ne fut qu'une suite de moments désordonnés, une mêlée de sommeils, brefs, longs, hermétiques, de sursauts précis et de frissons vagues. Le brave médecin se dissipa dans une fête de ha-ham, ha-ham, de grosse toux satisfaite, de « Chère Madame, à la

bonne heure! Nous voilà sauvés!», tous
vacarmes tellement joyeux que Jean, s'il n'eût
fondu de nonchalance, se fût enquis de ce qui
arrivait d'heureux dans la maison.

Les heures passaient inexplicablement, jalon-
nées de fruits dans leur gelée, de lait vanillé. Un
œuf à la coque souleva son petit couvercle,
découvrit son jaune de bouton d'or. La fenêtre,
entrebâillée, laissa passer un souffle capiteux, un
vin de printemps...

Le gentil coupeur de cheveux n'avait pas
encore licence de revenir. Des cheveux de fillette
descendaient sur le front, sur le cou de Jean, et
Madame Maman se risqua à les nouer d'un
ruban rose, que son fils rejeta d'un geste de garçon offensé...

Derrière la vitre, le rameau de marronnier
enflait jour à jour ses bourgeons façonnés en
boutons de roses, et tout le long des jambes de
Jean couraient des fourmis armées de petites
mandibules pinçantes. « Cette fois, j'en tiens une,
Madame Maman! » Mais il ne pinçait que son
épiderme transparent, et la fourmi fuyait à l'intérieur d'un arbre de veines couleur d'herbe printanière. Au huitième jour des temps nouveaux, une
grande écharpe de soleil, en travers de son lit,
l'émut plus qu'il ne put le supporter et il décida
que le soir même la fièvre quotidienne lui ren-
drait ce qu'il attendait en vain depuis une
semaine, ce que la profonde fatigue et les sommeils, taillés à même un bloc de noir repos, écar-
taient de lui : ses compagnons sans visage, ses
chevauchées, les firmaments accessibles, sa
sécurité d'ange en plein vol...

— Madame Maman, s'il vous plaît, je voudrais
mes livres.

— Mon chéri, le docteur a dit que...

— Ce n'est pas pour les lire, Madame Maman, c'est pour qu'ils se rhabituent à moi...

Elle ne dit mot et rapporta avec appréhension les tomes haillonneux, le gros pavé mal relié, le veau blond doux comme une peau humaine, une *Pomologie* peinte de fruits joufflus, le Guérin tacheté de lions à faces plates, d'ornithorynques survolés par des coléoptères grands comme des îles...

Le soir venu, lesté d'aliments enchanteurs auxquels il accordait l'intérêt, l'avidité des enfants ressuscités, il feignit que le sommeil le terrassât, murmura des souhaits, une vague et malicieuse chanson qu'il avait improvisée récemment. Ayant guetté le départ de Madame Maman et de Mandore, il prit le commandement de son radeau d'in-folio et d'atlas et s'embarqua. Une jeune lune, derrière la branche de marronnier, dénonçait que les bourgeons, par la grâce de la saison, allaient s'ouvrir en feuilles digitées.

Il s'assit sans aide sur son lit, remorquant, encore pesantes, ses jambes parcourues de fourmis. Au fond de la fenêtre, dans l'eau céleste de la nuit, baignaient ensemble la lune courbe et le reflet indistinct d'un enfant aux longs cheveux, à qui il adressa un signe d'appel. Il leva un bras, et l'autre enfant répéta docilement son geste de sommation. Un peu enivré de puissance et de merveilles, il convoqua ses commensaux des heures cruelles et privilégiées, les sons visibles, les tangibles images, les mers respirables, l'air nourricier, navigable, les ailes qui défient les pieds, les astres rieurs...

Il convoqua surtout certain petit garçon fougueux qui éclatait secrètement de gaieté en quittant la terre, abusait Madame Maman et la tenait, maître de sa douleur comme de ses joies, prisonnière de cent tendres impostures...

Puis il attendit, mais rien ne vint. Rien ne vint cette nuit-là, ni les suivantes, rien, jamais plus. Le paysage de neiges rosées avait déserté le coupe-papier de nickel, et jamais plus Jean ne planerait dans une aube couleur de pervenche, entre les cornes aiguës et les beaux yeux bombés d'un troupeau bleu de rosée... Plus jamais Mandore jaune et brune ne retentirait de toutes les cordes — tzromm, tzromm — bourdonnant sous sa vaste robe sonore. L'alpe damassée, amoncelée dans la grande armoire, se pouvait-il qu'elle refusât désormais, à un enfant bientôt valide, les prouesses qu'elle consentait à un garçonnet impotent, sur les pentes des glaciers imaginaires ?

Un temps veut qu'on s'applique à vivre. Un temps vient de renoncer à mourir en plein vol. D'un signe Jean dit adieu à son reflet aux cheveux d'ange, qui lui rendit son salut du fond d'une nuit terrestre et sevrée de prodiges, la seule nuit permise aux enfants dont la mort s'est dessaisie et qui s'endorment consentants, guéris et désappointés.

La Dame du photographe

Quand celle qu'on appelait « la dame du photographe » résolut de mettre fin à ses jours, elle apporta à la réalisation de son projet beaucoup de bonne foi et de soins, une inexpérience totale des toxiques, et Dieu merci elle se manqua. De quoi tout l'immeuble se réjouit, et moi aussi, bien que je ne fusse pas du quartier.

Mme Armand — de l'atelier Armand, photographie d'art et agrandissements — habitait sur le même palier qu'une enfileuse de perles, et il était rare que je ne rencontrasse pas l'aimable « dame du photographe » quand je montais chez Mlle Devoidy. Car j'avais, en ces temps anciens, un collier de perles comme tout le monde. Toutes les femmes voulant porter des perles, il y en eut pour toutes les femmes et toutes les bourses. Quelle corbeille de mariage eût osé se passer d'un « rang » ? L'engouement commençait au cadeau de baptême, par un fil de perles grosses comme des grains de riz. Aucune mode, depuis, n'eut une exigence pareille. À partir d'un millier de francs vous achetiez un collier « en vrai ». Le mien avait coûté cinq mille francs, c'est dire qu'il n'attirait pas l'attention. Mais bien vivant, d'un orient gai, il témoignait de sa belle santé et de la mienne. Lorsque je le vendis, pendant la grande guerre, ce n'était point par caprice.

Je n'attendais pas, pour faire renouveler son fil de soie, qu'il en fût besoin. Son enfilage m'était prétexte à visiter Mlle Devoidy, ma payse à quelques clochers près. De vendeuse dans un *Aux mille parures* où tout était faux, elle avait passé enfileuse de vrai. Cette célibataire de quarante ans environ gardait comme moi l'accent du terroir, et me plaisait en outre par un humour réticent qui se moquait, du haut d'une pointilleuse honnêteté, de beaucoup de choses et de gens.

Quand je montais chez elle, j'échangeais le bonjour avec la dame du photographe, qui se tenait souvent debout sur son seuil béant, face à la porte close de Mlle Devoidy. Le mobilier du photographe empiétait sur le palier, à commencer par un « pied » des premiers âges, un pied d'appareil en beau noyer veiné, mouluré et lui-même tripode. Par son volume et son caractère d'immuabilité, il me faisait penser aux vis de pressoir massives que l'on conviait, environ la même époque, à soutenir, dans un appartement teinté de goût artiste, quelque statuette gracile. Une chaise gothique lui tenait compagnie et servait d'accessoire aux photographies de communiants. La petite niche en osier et son loulou empaillé, la paire de havenets chère aux enfants en costume marin, complétaient le magasin des accessoires expulsés de l'atelier.

Une incurable odeur de toile peinte régnait sur ce palier terminal. Pourtant la peinture d'une toile de fond reversible, en camaïeu gris sur gris, ne datait pas d'hier. L'une des faces représentait une balustrade au bord d'un parc anglais, l'autre une petite mer bornée au loin par un port indistinct, dont la ligne d'horizon penchait un peu à droite. La porte d'entrée restant fréquemment ouverte, c'est sur ce fond orageux, sur cette mer oblique que je voyais, campée, la dame du photographe. À son air d'attente vague, je présumais qu'elle venait là pour respirer la fraîcheur du palier ultime ou épier quelque montée de clientèle. Je sus plus tard que je me trompais. J'entrais chez la voisine d'en face, et Mlle Devoidy me tendait une de ses mains sèches, agréables, infaillibles, qui ignoraient la hâte et le tremblement, qui ne laissaient jamais choir une perle, une bobine, une aiguille, qui gommaient, d'un tour de doigts assuré, la pointe d'un brin de soie en le passant sur une demi-lune de cire vierge, puis la braquaient roidie vers le chas d'une aiguille plus fine que toutes les aiguilles à coudre...

Ce que j'ai le mieux vu de Mlle Devoidy, c'est son buste pris dans le cirque de lumière sous la lampe, son collier de corail sur son col blanc empesé, son sourire de raillerie contenue. Pour sa figure semée de rousseurs, un peu plate, elle servait de cadre et de repoussoir à des yeux bruns d'aventurine, piquetés, perçants, qui ne voulaient ni lunettes ni loupe, dénombraient la poussière de perles nommée semence dont on compose les écheveaux et torsades, insipides comme une passementerie blanche, et nommés bayadères.

Mlle Devoidy, logée à l'étroit, travaillait dans la première pièce, couchait dans la seconde, qui précédait la cuisine. Une double porte, à l'entrée, ménageait une minuscule antichambre. Lorsqu'un visiteur sonnait ou frappait, Mlle Devoidy criait sans se lever :

— Entrez ! La clef se tourne à gauche !

Avais-je, pour ma payse, un commencement d'amitié ? J'aimais, à coup sûr, sa table professionnelle, nappée de drap vert comme un billard, rebordée comme une table de bridge, creusée de rigoles parallèles au long desquelles les doigts de l'enfileuse rangeaient et calibraient des colliers, en s'aidant de précelles délicates, pinces dignes de toucher les matières les plus précieuses : la perle et l'aile du papillon mort.

J'avais aussi de l'amitié pour les particularités et les surprises d'un métier qui exigeait deux années d'apprentissage, des aptitudes manuelles et l'habitude un peu méprisante des joyaux. La furie d'aimer les perles, qui dura longtemps, laissait l'enfileuse expérimentée travailler chez elle à son gré. Quand Mlle Devoidy me disait, en cachant un bâillement : « Un tel et un tel m'ont apporté des *masses* hier soir, il a fallu que je compose jusqu'à deux heures du matin... », mon imagination grossissait féeriquement ces « masses » et élevait le verbe « composer » à la hauteur d'un labeur de l'esprit.

Dès l'après-midi, et l'hiver par les matinées sombres, s'allumait au-dessus de la table une ampoule électrique, au cœur d'un volubilis de métal. Sa forte lumière balayait toutes les ombres de l'établi sur lequel Mlle Devoidy n'admettait nul petit vase planté d'une rose, nul vide-poche ni bibelot capables de dissimuler une perle égarée. Les ciseaux eux-mêmes semblaient se faire tout plats. Sauf ce soin, qui maintenait la table dans son état de nudité étoilée de perles, je ne surpris jamais chez Mlle Devoidy la moindre

marque de méfiance. Colliers et sautoirs gisaient
démembrés sur le tapis vert, comme des enjeux
dédaignés.

— Vous n'êtes pas bien pressée? Je vous fais
une petite place, amusez-vous avec ce qui traîne,
le temps que je vous renfile. Il ne veut donc pas
s'engraisser, ce rang? Faut le mettre à l'épinette.
Ah! vous ne saurez jamais y faire...

En même temps que Mlle Devoidy se moquait,
elle chargeait son sourire de me rappeler notre
commune origine, un village cerné de bois, la
pluie d'automne ruisselant sur les tas de pommes
qui, sur la lisière des prés, attendent d'être menés
au pressoir... Je m'amusais, en effet, avec ce qui
traînait sur la table. Parfois c'étaient de grands
sautoirs américains, fastueux et impersonnels;
les perles de Cécile Sorel se mêlaient au collier
de Polaire, trente-sept perles célèbres. Il y avait
des colliers de joailliers, laiteux et neufs, que
n'avait pas encore émus une longue amitié avec
la peau des femmes. Çà et là un diamant, monté
en fermoir, émiettait des arcs-en-ciel. Un collier
de chien, carcan de quatorze rangs, palissé de
barrettes en brillants, parlait de fanons ridés, de
tendons d'aïeules, peut-être d'écrouelles...

Cet étrange métier a-t-il changé? Jette-t-il
encore, devant des femmes incorruptibles et
pauvres, des trésors en monceaux, des fortunes
sans défense?

Mme Armand venait parfois s'attabler, le jour
tombant, au tapis vert. Par discrétion elle s'abste-
nait de manier les colliers sur lesquels son regard
d'oiseau promenait une étincelante indifférence.

— Voilà votre journée finie, madame Armand?
disait Mlle Devoidy.

— Oh! moi... Je ne suis pas limitée par le jour

comme mon mari. Mon dîner à chauffer, l'atelier à ranger, des petites choses ici et là... Ce n'est pas la mer à boire.

Inflexible debout, Mme Armand, assise, ne l'était pas moins. Son buste sanglé d'un corsage écossais rouge et noir, à brandebourgs de soutache, me faisait penser, entre les battants mi-ouverts d'une jaquette, à une petite armoire. Une séduction de femme-tronc émanait d'elle. En même temps elle respirait l'aménité des caissières sérieuses et quelques autres grandes vertus.

— Et M. Armand, qu'est-ce qu'il fait de beau à cette heure-ci ? reprenait Mlle Devoidy.

— Il s'occupe encore. Il est toujours sur sa noce de samedi dernier. C'est qu'il faut tout faire dans une si petite entreprise comme la nôtre. Ce cortège de la noce de samedi lui donne beaucoup de tracas, mais c'est un profit appréciable. Le couple d'une part, les demoiselles d'honneur en groupe, le cortège tout ensemble en quatre poses, est-ce que je sais... Je ne l'aide pas autant que je voudrais...

La dame du photographe se tourna vers moi comme pour s'excuser. Dès qu'elle parlait, les prestiges empesés et divers du corsage juste, de la jaquette, du gardénia d'étoffe épinglé à la boutonnière fondaient à la chaleur d'une voix agréable, presque sans modulations, une voix faite pour conter longuement des histoires de quartier.

— Mon mari fatigue, à cause de son commencement de goitre exophtalmique, je dis « son exo » pour aller plus vite... L'année est trop mauvaise pour que nous prenions un aide-opérateur. L'ennui, c'est que je n'ai pas la main sûre, je brise. Le pot de colle par-ci, et une cuvette à baigner les clichés par là... et pan ! un cadre par terre... Vous voyez d'ici le déficit au bout d'une journée.

Elle étendit vers moi une main qui en effet tremblait.

— Les nerfs, dit-elle. Alors je m'en tiens à mon petit domaine, je m'occupe de tout le ménage. D'un sens il paraît que c'est bon pour mes nerfs, mais...

Elle restait fréquemment sur un « mais... » après lequel venait un soupir, et comme je demandais à Mlle Devoidy si ce « mais » et ce long soupir ne cachaient pas une histoire mélancolique :

— Pensez-vous, repartit ma payse. C'est une femme qui s'étripe pour faire fine taille, alors elle est forcée à chaque minute de chercher son vent.

De traits réguliers, Mme Armand restait fidèle au col officier et à la frisure en éponge sur le front, parce qu'on lui avait assuré qu'elle ressemblait à la reine Alexandra d'Angleterre, en plus mutin. En plus mutin, voilà ce que je ne saurais affirmer. En plus brun, certainement. Les chevelures noir-bleu avec la peau blanche et un petit nez correct abondent à Paris et ne se réclament que de Paris, sans qu'il leur soit besoin de sang méridional. Mme Armand avait autant de cils qu'une Espagnole, et un regard d'oiseau, j'entends un regard noir, riche d'un éclat invariable. Le quartier lui payait un tribut laconique et suffisant, en murmurant sur ses pas les mots « belle brune ». Sur ce point l'opinion de Mlle Devoidy se permettait une restriction :

— Belle brune, c'est le mot... Surtout il y a dix ans.

— Il y a dix ans que vous connaissez Mme Armand?

— Non, puisqu'ils ne sont emménagés, elle et le petit père Gros-Yeux, que depuis trois ans. Moi, je suis plus vieille qu'eux dans la maison. Mais je me représente très bien Mme Armand il y a dix ans... On voit que c'est une femme qui se ronge.

— Qui se ronge? C'est un gros mot. Vous n'exagérez pas?

Un regard offensé, couleur de minerai pailleté, passa par-dessous la lampe, vint me rejoindre dans l'ombre.

— Tout le monde peut se tromper, Mme Armand aussi peut se tromper. Elle s'est mis dans la tête qu'elle mène une vie sédentaire, figurez-vous. Alors tous les soirs, soit avant le dîner, soit après, elle s'en va à pied, prendre l'air.

— C'est d'une bonne hygiène, ne pensez-vous pas?

Mlle Devoidy, en pinçant les lèvres, fit converger les petits poils de moustache incolores qu'elle avait aux coins de la bouche — ainsi font les phoques lorsqu'en plongeant ils ferment à l'eau l'accès de leurs narines.

— L'hygiène et moi, vous savez... Du moment que la dame du photographe a chaussé l'idée qu'elle a des étouffements si elle ne sort pas, ça suffit pour qu'on la trouve un jour étouffée dans l'escalier.

— Vous sortez rarement, mademoiselle Devoidy?

— Autant dire jamais.

— Et vous ne vous en portez pas plus mal?

— Vous voyez. Mais je n'empêche pas les personnes de faire autrement que moi.

Elle jeta vers la porte close, à l'adresse d'une Mme Armand invisible, son regard chargé de malice, et je pensai aux vertes médisances qu'échangent à travers les haies les gardeuses de bêtes de mon pays, tout en claquant les taons gonflés de sang sous le sensible ventre des génisses...

Sur un enfilage de perles minuscules, Mlle Devoidy pencha son front au bord duquel la chevelure châtaine finissait en duvet vigoureux, d'argent comme sa petite moustache, entre l'oreille et la joue. Tous les traits de cette recluse parisienne me parlaient du saule duveteux, de la noisette mûre, du fond sableux des sources, des soyeuses écorces. Elle braquait la pointe de son aiguille, pincée entre le pouce et l'index posés à plat, vers les pertuis presque invisibles de perles petites, et d'un blanc fade, qu'elle embrochait cinq par cinq, puis faisait glisser sur le fil de soie.

Un poing familier heurta la porte.

— Ça, c'est Tigri-Cohen, dit Mlle Devoidy. Je reconnais sa manière. La clef est sur la porte, monsieur Tigri !

La figure disgraciée de Tigri-Cohen franchit la petite arène de lumière. Sa laideur était tantôt ironique et riante, tantôt suppliante et triste, comme celle de certains singes trop intelligents, qui dans le même instant ont sujet de chérir les dons de l'homme et d'en trembler de peur. J'ai toujours pensé que Tigri-Cohen se donnait beaucoup de mal pour avoir l'air retors, aventureux, et de peu de scrupule. Il se donnait un chic de prêteur à la petite semaine, peut-être par naïveté. Je lui vis toujours le louis facile et même le « gros faffe », si bien qu'il est mort pauvre, au sein de son honnêteté ignorée.

Je l'avais connu dans les coulisses des music-halls, où Tigri-Cohen passait la plupart de ses soirées. Les petites artistes lui grimpaient aux épaules comme des perruches privées et déteignaient en blanc sur cet homme noir. Elles lui savaient les poches pleines de menus bijoux, de perles bourrées, de roboles juste bonnes à épingler des chapeaux. Il frappait d'admiration ses petites camarades en leur montrant des pierres de mauvaise couleur et de beaux noms, les péridots, les calcédoines, les chrysoprases et les ambitieux zircons. Tutoyant, tutoyé, Tigri-Cohen vendait entre dix heures du soir et minuit quelques-uns de ses graviers brillants. Mais auprès des vedettes fortunées il se posait surtout en acheteur...

Son goût pour la belle perle m'a toujours semblé sensuel encore plus que commercial. Je n'oublie pas l'état d'exaltation où je le vis, un jour qu'à son magasin je le trouvai tête à tête avec un petit homme ordinaire et indéchiffrable, qui tira de son veston fatigué un mouchoir de soie bleu céleste, et du mouchoir une seule perle...

— Tu l'as encore ? demanda Tigri.

— Oui, dit le petit homme. Pas pour longtemps.

C'était une perle non percée, ronde, grosse comme une belle cerise, et telle qu'elle paraissait non pas recevoir la froide lumière départie aux numéros pairs de la rue La Fayette, mais émettre une clarté égale et voilée. Tigri la contemplait sans mot dire, et le petit bonhomme se taisait.

— Elle est... Elle est..., commença Tigri-Cohen.

Il chercha en vain une louange, souleva les épaules.

— Prête-la moi ? demandai-je.

J'eus dans le creux de ma paume cette vierge merveilleuse et tiède, son énigme d'instables couleurs, son rose insaisissable qui captait un bleu neigeux, puis l'échangeait contre un mauve fugitif.

Avant de rendre la glorieuse perle, Tigri soupira. Puis le petit homme éteignit les douces lueurs dans le mouchoir bleu, enfouit le tout, distraitement, dans une poche et s'en alla.

— Elle est..., répéta Tigri... Elle est couleur d'amour.

— À qui appartient-elle ?

Il éclata, leva ses longs bras de singe.

— À qui ? À qui ? Est-ce que je sais ? À des types noirs de l'Inde ! À un syndicat de peigne-chose ! À des sauvages, à des gens sans foi ni sensibilité, des...

— Combien vaut-elle ?

Il laissa tomber sur moi un regard de mépris.

— Combien ? Une perle pareille, qui en est à son aurore, qui circule encore dans sa petite chemise de satin bleu au fond d'une poche de courtier. Combien ? Comme un kilo de pruneaux, alors ? « C'est trois francs, madame. — Voici, madame. En vous remerciant, madame. » Ah ! entendre ça...

Il jouait de tout son visage de mime laid et passionné, toujours trop riche de trop d'expression, de trop de rire, de trop de douleur. Chez Devoidy, je me souviens que ce soir-là il miroitait de pluie et ne s'en souciait pas. Il explorait, d'un geste machinal, ses poches receleuses de sautoirs en pierres de couleur, de bagues à cabochons, de sachets pliés où dorment les diamants sur papier. Il jeta quelques cordons de perles sur le drap vert.

— Tiens, Devoidy mes amours, fais-moi ça pour demain... Et ça... Crois-tu que c'est vilain? Si tu retirais la plume de pigeon qui bourre ce noyau du milieu, tu pourrais l'enfiler sur un câble... Enfin, change toujours le bourrage.

Par habitude, il se pencha, un œil cligné, sur mon collier :

— La quatrième à partir du centre, je suis acheteur. Non? À ton aise. Au revoir, mes choux. Je vais ce soir à la générale des Folies-Bergère.

— Belle soirée pour les affaires, dit poliment Mlle Devoidy.

— Comme quoi tu n'y connais rien. Ce soir, mes bonnes femmes ne pensent qu'à leurs rôles, à leurs costumes, à la gueule que fait le public et à se trouver mal derrière un portant. Au revoir, mes choux.

D'autres passants, surtout des passantes, abordaient la porte sans verrou, le cirque étroit de dure lumière. Je les regardais avec l'avidité que j'eus toujours pour les êtres que je ne risque pas de revoir. Des femmes parées avançaient sous l'ampoule leurs mains emplies de grains précieux et blancs. Ou bien elles détachaient, d'un geste languissant et orgueilleux qu'elles acquièrent avec l'habitude des perles, les fermoirs de leurs colliers.

Ma mémoire retient l'image, entre autres, d'une femme tout argentée de chinchillas... Elle entra agitée, si robuste et si populacière sous son luxe qu'elle était un plaisir pour les yeux. Elle s'assit rudement sur le tabouret de paille et commanda :

— Ne me désenfilez pas tout le rang. Séparez-moi seulement celle-là, à côté du centre, oui, cette belle-là...

Mlle Devoidy, qui n'aimait pas les despotes, coupa posément deux nœuds de soie, et poussa la perle libre vers sa cliente. La belle femme s'en saisit, l'étudia de tout près. Sous la lampe, j'aurais pu compter ses grands cils agglutinés et palpitants. Elle tendit la perle à l'enfileuse :

— À vous, qu'est-ce qu'elle vous dit, cette perle-là ?

— Je ne me connais pas en perles, dit Mlle Devoidy, impassible.

— Sans blague ?

La belle femme montra la table du geste, avec une intention ironique. Puis son visage changea, elle empoigna une petite masse de fonte sous laquelle Mlle Devoidy maintenait une série d'aiguilles enfilées à l'avance, et la précipita sur la perle, qui s'écrasa en menus débris. Je fis « oh ! » malgré moi. Mlle Devoidy ne se permit pas d'autre mouvement que de ramener contre son buste, sous ses mains fidèles, un travail inachevé et des perles éparses.

La cliente contempla son œuvre sans mot dire. Enfin, elle éclata en larmes véhémentes. Elle hoquetait : « Le salaud, le salaud ! » tout en recueillant sur un coin de mouchoir le noir de ses cils. Puis elle tassa dans son réticule son collier amputé d'une perle, réclama « un petit papier fin » où elle enferma les moindres fragments de la perle fausse, et se leva. Avant de sortir, elle tint à affirmer fortement que « ce n'était pas fini cette affaire-là », et elle entraîna au-dehors l'incommodant effluve d'une essence toute nouvelle, que fêtait la mode : le muguet synthétique.

— C'est la première fois que vous voyez une chose pareille, mademoiselle Devoidy ?

Mlle Devoidy rangeait son établi minutieusement, de ses mains soigneuses qui ne tremblaient pas.

— Non, la seconde, dit-elle. Avec cette différence que la première fois la perle a résisté. Elle était vraie. Le reste du collier aussi.

— Et qu'est-ce que la dame a dit?

— Ce n'était pas une dame, c'était un monsieur. Il a dit : « Ah! la garce! »

— Pourquoi?

— Le collier, c'était celui de sa femme. Elle avait fait croire à son mari qu'il coûtait quinze francs... Oui. Oh! vous savez, autour des perles, c'est rare s'il n'y a pas des histoires de toutes les couleurs...

Elle toucha de deux doigts son petit collier de corail. Je m'étonnai de surprendre, chez cette sceptique un peu ricaneuse, un geste conjuratoire, d'entrevoir sur son front têtu le nuage des superstitions.

— De sorte que vous n'aimeriez pas porter des perles?

Elle leva une épaule de biais, tiraillée entre sa prudence commerciale et l'envie de ne pas mentir :

— On ne sait pas. On ne se connaît pas soi-même. Là-bas, à Coulanges, il y avait un type on ne peut pas plus anarchiste, il faisait peur à tout le monde. Et puis, il a hérité d'une petite maison à jardin, avec un pigeonnier rond et un toit à cochons... Si vous voyiez l'anarchiste à présent... Il y a du changement.

Elle retrouvait vite son rire contenu, son expression agréablement séditieuse et sa manière d'approuver sans bassesse, de critiquer sans grossièreté.

Un soir que je m'attardais chez elle, elle me
surprit à bâiller et je m'excusai :

— J'ai une de ces faims... Je ne prends pas le
thé, et j'ai mal déjeuné, il y avait de la viande
rouge, je ne peux pas manger la viande sai-
gnante.

— Moi non plus, dit ma payse. Chez nous,
vous savez bien qu'on dit que la viande crue c'est
pour les chats et les Anglais. Mais si vous patien-
tez cinq minutes, un mille-feuilles va venir vous
trouver ici, sans que j'aie bougé de ma chaise.
Qu'est-ce que vous pariez ?

— Une livre de chocolats à la crème.

— Cochon qui s'en dédit ! dit promptement
Mlle Devoidy en me tendant tout ouverte sa
paume sèche, où je topai.

— Mademoiselle Devoidy, comment se fait-il
que chez vous ça ne sente jamais le merlan frit,
ni l'oignon, ni le ragoût ? Vous avez un secret ?

Elle fit oui en battant des paupières.

— Je peux savoir ?

Une main habituée frappa trois coups à la
porte d'entrée.

— Tenez, le voilà, votre mille-feuilles. Et mon
secret dévoilé. Entrez, madame Armand, entrez !

Cependant, elle agrafait sur ma nuque mon
petit collier bourgeois. Embarrassée d'un cabas,
Mme Armand ne me tendit pas tout de suite ses
doigts chroniquement frémissants, et parla avec
précipitation :

— Attendez, attendez, qu'on ne me bouscule
pas, j'ai du fragile... Le plat garni du jour, c'est du
bœuf à la bourguignonne, et je vous ai pris un
beau pied de laitue. Quant aux mille-feuilles,
macache ! C'est des génoises glacées.

Mlle Devoidy fit à mon adresse une grimace comique et voulut délester son obligeante voisine. Mais celle-ci s'écria : « Je vous porte tout dans la cuisine ! » en courant vers la pièce obscure. Si vite qu'elle eût traversé la zone éclairée, j'entrevis son visage, et Mlle Devoidy aussi.

— Je me sauve, je me sauve, j'ai du lait sur mon gaz ! reprit Mme Armand sur le mode gamin.

Elle retraversa la première pièce en courant, tira la porte derrière elle. Mlle Devoidy s'en fut chercher, dans la cuisine, deux génoises glacées de sucre rose, sur une assiette décorée d'une grenade en flammes et de l'exergue « Au réveil des sapeurs-pompiers ».

— Sûr et certain, dit-elle d'un air songeur, que la dame du photographe a pleuré... Et qu'elle n'a pas de lait sur son gaz.

— Scène de ménage ?

Elle secoua la tête.

— Le pauvre petit père Gros-Yeux ! Il n'en est pas capable. Elle non plus, d'ailleurs. Dites voir, vous l'avez menée vite, votre génoise. Voulez-vous l'autre ? Elle m'a un peu barré l'estomac, la dame de M. Armand, avec sa figure à la renverse.

— Ça s'arrangera demain, dis-je distraitement.

En échange d'une phrase aussi molle, je reçus un bref et tranchant coup d'œil.

— Mais oui, n'est-ce pas ? Et puis, si ça ne s'arrange pas, vous vous en fichez pas mal.

— Quoi donc ? Vous trouvez que je ne me passionne pas assez pour les accrocs du ménage Armand ?

— Le ménage Armand ne vous demande rien. Ni moi non plus. Ça serait bien la première fois, par exemple, qu'on m'entendrait demander à quelqu'un...

Mlle Devoidy baissait la voix pour tâcher de contenir son irritation. Nous étions, je pense, parfaitement ridicules. C'est ce nuage de courroux, élevé entre deux femmes au sang vif, qui a fixé dans ma mémoire les détails d'une sotte scène imprévue. J'eus le bon sens, en lui posant ma main sur l'épaule, d'y mettre fin tout de suite :

— Allons, allons... Ne nous faisons pas plus ch'tites que nous ne sommes! Vous savez bien que si je peux être utile à cette brave dame... Vous craignez quelque chose pour elle?

Mlle Devoidy rougit sous son pigment noisette et couvrit d'une main le haut de son visage, d'un geste romanesque et simple :

— Maintenant, vous voilà trop gentille... Ne soyez pas trop gentille avec moi... Quand on est trop gentil avec moi, je ne sais plus ce que je fais, je m'en irais de tous les côtés comme une soupe...

Elle dévoila ses belles prunelles humides et pailletées, poussa vers moi le tabouret de paille.

— Une minute, vous avez bien une minute? C'est la pluie qu'on entend; laissez passer la pluie...

Elle s'assit en face de moi à sa place de travailleuse, se frotta vigoureusement les yeux du dos de l'index.

— Dites-vous bien d'abord que Mme Armand ce n'est pas une femme à ragots, ni à confidences. Mais elle demeure très près, tout contre moi. Ici, c'est un petit immeuble de rien, à l'ancienne mode. Deux pièces à main droite, deux pièces à main gauche, des petits commerces en chambre, en famille... Des personnes qui logent tout près, ce n'est pas tellement qu'on

les entende, d'ailleurs ils ne font pas de bruit,
c'est que je les sens. Surtout que Mme Armand
passe pas mal de temps sur le palier. Dans des
endroits comme ici, si quelque chose va de travers, c'est vite fait que les voisins le sentent, du
moins moi...

Elle baissa la voix, serra les lèvres, ses petits
poils de moustache étincelèrent. Elle piqueta sa
table verte de la pointe d'une aiguille, comme si
elle comptait cabalistiquement ses paroles :

— Quand la dame du photographe va aux
commissions, pour elle ou pour moi, vous pouvez voir la concierge, aussi bien que la marchande de fleurs de dessous la voûte, ou la
demoiselle du petit bistrot, qui s'avancent, soit
l'une, soit l'autre, pour voir où elle va. Où est-ce
qu'elle va ? Mais elle va au crémier, aux crois-
sants chauds, au coiffeur, comme tout le monde !
Alors les curieux rentrent leur nez, pas contents,
comme si on leur avait promis quelque chose
qu'on ne leur donne pas. Et ils recommencent la
fois d'après. Quand c'est moi qui sors, ou
Mme Gâteroy d'en dessous ou sa fille, les gens ne
sont pas à guetter comme pour un événement.

— Mme Armand, hasardai-je, a un physique
assez... assez personnel. Peut-être aussi abuse-
t-elle de l'écossais...

Mlle Devoidy secoua la tête, parut découragée
de se faire comprendre. L'heure s'avançait, du
haut en bas de la maison des portes claquaient
une à une, à chaque étage on roulait des sièges
autour d'une table et d'une soupière ; je m'en
allai. La porte de l'atelier photographique, inso-
litement fermée, conférait un rôle décoratif
important au pied d'appareil et aux havenets
croisés sous le papillon de gaz. En bas, la

concierge souleva son rideau pour me voir passer : je n'étais jamais restée si tard.

La nuit tiède fumait autour de becs de gaz, et l'heure insolite me fournissait la petite angoisse, non sans prix, qui autrefois m'étreignait au sortir des spectacles de théâtre commencés sous le soleil au zénith, achevés à la nuit close.

Méritent-ils, mes passants des époques lointaines, de revivre, comme je les y contrains, en quelques pages ? Ils valurent que je les tinsse secrets, du moins le temps qu'ils m'occupaient. Par exemple, on ignora, à mon domicile conjugal, l'existence de Mlle Devoidy, ma familiarité avec Tigri-Cohen. De même pour la « dame » de M. Armand et pour une piqueuse à la main, habile dans l'art de recouvrir les courtepointes élimées, à agencer des débris de soieries multicolores, sous la forme de tapis, de couvertures pour les voitures d'enfants. L'aimai-je pour son travail qui méprisait la mode et la machine à coudre, ou bien pour son second métier ? À six heures après midi, elle quittait ses hexagones de soie et gagnait la Gaîté-Lyrique, où elle chantait un rôle dans *Les Mousquetaires au couvent*.

Entre cuir et doublure, à l'intérieur de mon réticule, je gardai longtemps une « semeuse » de cinquante centimes, perdue chez Tigri-Cohen, retrouvée par lui et qu'il s'était diverti, avant de me la restituer, à clouter de petits diamants selon la forme de mes initiales. Mais je ne parlai chez moi ni du gentil fétiche ni de Tigri, car mon mari de ce temps-là s'était fait du joaillier une idée tellement rectangulaire et inflexible, une conception si banalement fausse du « trafiquant », que je n'aurais pu ni plaider la cause de celui-ci, ni réformer l'erreur de celui-là.

Eus-je un véritable attachement pour la petite piqueuse à la main? Aimai-je d'amitié le Tigri-Cohen méconnu? Je ne sais. L'instinct de dissimuler ne s'est pas taillé une part très large dans mes différentes vies. Il m'importait, comme à beaucoup de femmes, d'échapper au jugement de certains êtres, que je savais sujets à l'erreur, enclins à une certitude proclamée sur un ton affecté d'indulgence. Un tel traitement nous pousse, nous, femmes, à nous écarter de la vérité simple comme d'une mélodie plate et sans modulations, à nous plaire au sein du demi-mensonge, du demi-silence et des demi-évasions.

Le moment venu, je repris le chemin de la maison à façade étroite, au front de laquelle la verrière bleue de l'atelier Armand posait sa visière inclinée.

Dès le vestibule de l'immeuble, un livreur-teinturier à serpillière noire, une porteuse de pain et sa longue *cistera* d'osier me barrèrent le passage. Le premier, sans provocation de ma part, me dit obligeamment : « C'est rien, c'est un feu de cheminée. » Au même moment, une « coursière » de maison de modes, cognant sa boîte jaune à tous les barreaux de la rampe, dévala les degrés en glapissant :

— Elle est blanche comme un linge! Elle n'a pas une heure à vivre!

Son cri groupa magiquement une douzaine de passants qui la pressèrent de toutes parts. L'envie de m'enfuir, un vague écœurement, la curiosité badaude luttèrent en moi, et ce fut à une étrange résignation que je me rangeai : je savais bien, essoufflée avant d'avoir couru, je savais bien que je devrais ne m'arrêter qu'au dernier palier. Pour qui? Pour la dame du photographe, ou pour

Mlle Devoidy? Celle-ci, je réglai mentalement son sort comme si rien ne dût jamais mettre en péril sa moqueuse sagesse, l'assurance de ses mains douces comme de soyeux copeaux, ni disperser les laiteuses constellations, perforées, précieuses, qu'elle pourchassait aiguille braquée sur le drap de la table verte.

Tout en montant, à souffle raccourci, les étages, je travaillais à me rassurer. Un accident? Pourquoi n'eût-il pas touché les tricoteuses du quatrième ou le ménage de relieurs? L'après-midi de novembre, chargé de vapeur d'eau, conservait leur force aux odeurs du chou, du gaz et d'humanité émue qui me montrait le chemin...

Le bruit inopiné des sanglots est démoralisant. Facile à imiter, il garde pourtant son prestige grossier de hoquet et de nausée. Tandis que je subissais un laminage sournois entre la rampe et un porteur de dépêches poussé trop vite, nous entendîmes de convulsifs sanglots virils, et les commentaires de l'escalier se turent, avidement. Le bruit ne dura guère, s'éteignit derrière une porte que l'on referma là-haut. Sans avoir jamais entendu pleurer celui que Mlle Devoidy surnommait le petit père Gros-Yeux, je sus, à n'en pas douter, que c'était lui qui sanglotait.

J'atteignis enfin le dernier étage, le dernier palier encombré d'inconnus entre ses deux portes closes. L'une d'elles se rouvrit, et j'entendis la voix mordante de Mlle Devoidy:

— Messieurs-dames, où allez-vous comme ça? Ça n'a pas de bon sens. Si vous voulez vous faire tirer en photographie, c'est trop tard. Mais non, voyons, il n'y a pas d'accident. C'est une dame qui s'est foulé la cheville, on lui a mis un velpeau en tout et pour tout!

Un murmure de déception et quelques rires
coururent parmi les ascensionnistes. Mais il me
parut qu'éclairée crûment Mlle Devoidy avait
bien mauvaise mine. Elle proféra encore quelques paroles destinées à décourager l'envahis-
seur et rentra chez elle.

— Ben, si c'est tout ça..., dit le porteur de
dépêches.

Il bouscula, pour rattraper le temps perdu, un
caviste à tablier de toile verte et quelques
femmes indistinctes, disparut par bonds, et je
pus enfin m'asseoir sur la chaise gothique réservée aux premiers communiants. Dès que je fus
seule, Mlle Devoidy reparut.

— Entrez, je vous avais bien vue. Je ne pouvais pas vous faire des signaux devant tout ce
monde... Vous permettez, je ne serai pas fâchée
de m'asseoir un moment...

Comme s'il n'y eût de refuge qu'au lieu qu'elle
hantait le plus fidèlement, elle se laissa tomber
sur sa chaise de travail.

— Ça va mieux!

Elle me sourit d'un air heureux :

— Elle a tout rendu, ça y est, vous savez.

— Tout quoi?

— Ce qu'elle avait pris. Une affaire pour se
faire mourir. Une saleté dégoûtante, quoi.

— Mais quel motif?...

— Ah! quel motif? Il vous faut toujours
trente-six raisons. Elle avait laissé une lettre pour
le petit père Gros-Yeux...

— Une lettre? Qu'est-ce qu'elle avouait donc?

Mlle Devoidy recouvrait par degrés son sang-
froid, son aisance de camarade moqueuse :

— On ne peut rien vous cacher! Pour avouer,
elle avouait tout. Elle avouait : « Mon Geo chéri,

ne me gronde pas. Pardon de te quitter. Dans la vie comme dans la mort, je reste ta Georgina fidèle. » À côté de ça, il y avait un autre petit papier qui disait : « Tout est payé, sauf la blanchisseuse qui n'avait pas de monnaie mercredi. » Ça se passait vers les deux heures un quart, deux heures vingt...

Elle s'interrompit, se leva :

— Attendez, il reste du café.

— Si c'est pour moi, non, merci.

— C'est pour moi surtout, dit-elle.

Je vis paraître la panacée populaire et les appareils de son culte, son aiguière en émail marbré de bleu, ses deux tasses décorées d'une grecque rouge et or et son sucrier de verre tors. L'odeur de la chicorée l'escortait fidèlement et parlait de rituels malaises, de veillées mortuaires, d'accouchements difficiles, de palabres à mi-voix, d'une toxicomanie à la portée de tous...

— Voilà donc, reprit Mlle Devoidy, que sur les deux heures, deux heures et quart, on frappe chez moi. C'était mon petit père Gros-Yeux, tout emprunté, qui me dit : « Vous n'auriez pas vu descendre ma femme ? — Non, je dis, mais elle a pu descendre sans que je la voie. — Oui, il me dit. Moi, je devrais être parti, mais au moment de partir je casse un flacon d'hyposulfite. Vous voyez les mains que je me suis faites. — C'est malheureux, je lui dis. — Oui, il me dit, il me faudrait un torchon, les torchons sont dans notre chambre à coucher, dans le placard derrière le lit. — Si ce n'est que ça, je dis, je vais aller vous en attraper un, ne touchez à rien. — Ce n'est pas que ça, il me dit, c'est que la chambre à coucher est fermée à clef, et elle n'est jamais fermée à clef. » Je le regarde, je ne sais pas ce qui m'a

passé par la tête, je me lève, je manque de le ren-
verser et je m'en vais taper dans la porte de leur
chambre à coucher. Il me disait : « Mais,
qu'est-ce que vous avez ? Mais, qu'est-ce que vous
avez ? » Je lui retourne : « Eh bien, et vous donc ?
Vous ne vous êtes pas regardé. » Il restait là avec
ses mains écartées, pleines d'hyposulfite. Je
reviens ici, j'attrape ma hachette à tailler mon
bois d'allume-feux. Je vous réponds que les
gonds et la serrure ont sauté du même coup...
C'est trois fois rien, ces portes...

Elle but quelques gorgées de café tiède.

— Je me ferai mettre une chaîne de sûreté,
reprit-elle. À présent que j'ai vu comme c'est fragile, une porte...

J'attendais qu'elle reprît son récit, mais elle
jouait distraitement avec la petite pelle de métal
qui cueille sur le tapis les perles dites
« semence » et semblait n'avoir plus rien à dire.

— Alors, mademoiselle Devoidy ?

— Alors quoi ?

— Elle... Mme Armand... Elle était dans la
chambre ?

— Naturellement qu'elle y était. Sur son lit.
Dans son lit, même. Avec des bas de soie et des
souliers habillés, en satin noir avec un petit motif
brodé en jais. Ça m'a frappée, ces chaussures et
ces bas. Ça m'a frappée au point que pendant
que je remplissais une boule d'eau chaude, je dis
à son mari : « Qu'est-ce qu'elle a été chercher, de
se mettre au lit en bas et en souliers ? » Il sanglotait, il m'a expliqué : « C'est à cause de ses cors et
de son troisième doigt de pied qui chevauche...
Elle ne voulait pas qu'on voie ses pieds nus,
même pas moi... Elle couchait avec des petits
chaussons, elle est si soignée de sa personne. »

Mlle Devoidy bâilla, s'étira, se mit à rire :

— Ah! on peut dire qu'un homme est empoté dans des circonstances pareilles. Celui-là!... Tout ce qu'il savait, c'était de pleurer et de répéter : « Ma chérie... Ma chérie... » Une chance que j'aie fait vite, ajouta-t-elle fièrement. Excusez-moi, j'y retourne. Oh! elle est sauvée. Mais le docteur Camescasse, qui demeure au onze, ne lui permet jusqu'à nouvel ordre qu'un peu de lait et d'eau minérale. Mme Armand avait avalé du poison de quoi tuer un régiment, il paraît que c'est ce qui l'a sauvée. Le petit père Gros-Yeux est de planton à côté d'elle. Mais je vais donner mon coup d'œil. On vous reverra? Apportez-lui un petit bouquet de violettes, ça sera plus gai que si vous aviez dû lui en porter un au cimetière Montparnasse.

J'étais déjà sur le trottoir quand une question me vint, trop tard, à l'esprit : pourquoi Mme Armand a-t-elle voulu mourir? En même temps je m'avisais que Mlle Devoidy avait omis de me l'apprendre.

Les jours qui suivirent, je pensai souvent à la dame du photographe et à son fait divers avorté; par extension, je pensai à la mort, et, par exception, à la mienne. Et si je mourais en tramway? Et si je mourais au cours d'un dîner en ville? Affreuses éventualités, mais si peu probables que je les abandonnai vite. Nous autres femmes, nous mourons peu hors de chez nous; que la douleur nous boute, comme aux chevaux, un bouchon de paille enflammé sous le ventre, et nous trouvons la force de courir vers le gîte. Je perdis en trois jours le goût de choisir le trépas le plus aimable. C'est pourtant gentil, des funérailles à la campagne, surtout en juin, à cause des fleurs. Mais les roses ont tôt fait de blettir par

la chaleur... J'en étais là quand un billet de
Mme Armand — de l'orthographe, et une ravissante écriture de sergent fourrier, frisée comme
un ténériffe — me rappela ma « bonne promesse » et me pria pour « le thé ».

Je croisai, sur le dernier palier, deux époux
d'âge mûr, qui quittaient l'atelier du photographe, bras sur bras, tout accommodés de
jaquette bordée, de cravate plastron et de faille
noire. Le petit père Gros-Yeux les reconduisait,
et je cherchai, sur ses grosses paupières, la trace
de ses fougueuses larmes. Il me fit un salut de
joyeuse entente.

— Ces dames sont dans la chambre.
Mme Armand a gardé un peu de fatigue générale,
elle a pensé que vous voudriez bien l'excuser de
vous recevoir si intimement...

Il me guida à travers l'atelier, eut un mot cour-
tois pour ma botte de violettes — « la Parme fait
si distingué » —, et me laissa au seuil de la
chambre inconnue.

Nous n'avons le choix, sur cette étroite planète,
qu'entre deux sortes d'univers inconnus. L'une
nous tente — ah! vivre là, quel rêve! —, l'autre
nous est d'emblée irrespirable. Une certaine
absence de laideur, en matière d'ameublement,
m'est bien pire que la laideur. Sans contenir
aucune monstruosité, l'ensemble de la pièce où
Mme Armand savourait sa convalescence me fit
baisser les yeux, et je ne goûterais aucun plaisir à
le décrire.

Elle reposait mi-étendue sur le lit fermé, le
même lit dont elle avait, pour y mourir, ouvert
les draps. Son empressement à m'accueillir l'eût
mise debout si Mlle Devoidy, de sa ferme poigne

d'ange gardien, ne l'avait retenue. Novembre ne se faisait tiède qu'au-dehors. Mme Armand se gardait du froid sous une petite couverture rouge et noire, un ouvrage de crochet au point dit tunisien. Je n'aime pas le point tunisien. Mais Mme Armand avait bonne mine, la joue moins aride, l'œil plus que jamais brillant. La vivacité de ses mouvements déplaça la couverture et fit apparaître deux pieds fins, chaussés de souliers en satin noir, brodés — ainsi me les avait dépeints Mlle Devoidy — d'un motif en perles de jais.

— Madame Armand, un peu de calme, s'il vous plaît, ordonna gravement l'ange gardien.

— Mais je ne suis pas malade! protesta Mme Armand. Je me dorlote, voilà tout. Mon petit Exo me paie une femme de ménage le matin, Mlle Devoidy nous a fait un gâteau quatre-quarts, et vous m'apportez des violettes superbes! Une vie de paresseuse! Vous goûterez bien ma gelée de groseilles framboisées, avec le quatre-quarts? C'est le dernier pot de l'autre année, et, sans me vanter... Cette année-ci, je les ai ratées, et les prunes à l'eau-de-vie aussi. C'est une année où j'ai tout raté!

Elle sourit, d'un air d'allusion fine.

Par l'éclat sans variété de ses yeux noirs, elle me rappelait toujours je ne sais quel oiseau; mais maintenant, c'était un oiseau tranquille, rafraîchi, à quelle sombre source désaltéré?

— Dans cette affaire-là, tant tués que blessés, il n'y a personne de mort, conclut Mlle Devoidy.

Je saluai d'un clin d'œil complice la sentence venue tout droit du pays natal, et je sablai, l'un sur l'autre, une tasse de thé bien noir, un verre de vin cuit à goût de réglisse : il faut ce qu'il faut. Je manquais d'aisance. L'habitude ne se prend pas si vite d'évoquer, sous une loyale lumière d'après-midi, un suicide de la veille, tourné il est vrai en purgation, mais préparé pour que la suicidée n'en revînt pas. J'essayai de me mettre au ton de la maison, en badinant :

— Qui croirait que cette charmante femme, là devant nous, est la même qui s'est montrée l'autre jour si peu raisonnable ?

La charmante femme acheva son triangle de quatre-quarts avant de mimer un peu de confusion, et de répondre, dubitative et coquette :

— Si peu raisonnable... Si peu raisonnable... Il y aurait bien à dire là-dessus...

Mlle Devoidy lui coupa la parole. Une autorité militaire lui était venue, me sembla-t-il, de son premier sauvetage :

— Allons, allons ! Vous n'allez pas recommencer, non ?

— Recommencer ! Oh ! Jamais !

J'applaudis au cri, à sa spontanéité. Mme Armand étendit sa main droite pour un serment.

— Je le jure ! La seule chose que je tiens à contester, c'est ce que m'a dit le docteur Camescasse : « En somme, vous avez avalé un toxique au cours d'une crise de neurasthénie ? » Ça m'a fâchée. Un peu plus, je lui répondais : « Puisque vous en êtes si sûr, ce n'est pas la peine de me poser cent questions. » Moi, dans mon for intérieur, je sais bien que je ne me suis pas suicidée par neurasthénie !

— Tt, tt..., blâma Mlle Devoidy. Depuis combien de temps je vous voyais, moi, en mauvais chemin ? Mme Colette ici présente peut certifier que je lui en ai parlé. Pour de la neurasthénie, c'était bien de la neurasthénie, il n'y a pas à en rougir.

La couverture au crochet sauta, il s'en fallut de peu qu'une tasse et sa soucoupe n'en fissent autant.

— Non, ça n'en était pas ! Je pense que là-dessus il me sera permis d'avoir ma petite opinion, à moi aussi ?

— Votre opinion, madame Armand, j'en tiens compte. Mais elle ne peut pas s'aligner avec celle d'un homme de science comme le docteur Camescasse !

Elles échangeaient leurs répliques par-dessus ma tête, si roidement que je baissai un peu le cou. C'était la première fois que devant moi j'entendais une suicidée discuter son propre cas avec une aisance revendicatrice. Pareil à maint sauveteur céleste ou terrestre, l'ange tendait à outrer son rôle. Son œil pailleté s'allumait d'une étincelle que l'on ne pouvait tenir pour angélique, tandis que sous sa poudre de riz trop blanche le teint de la rescapée s'échauffait...

Je n'ai jamais fait fi d'une dispute entre commères. Un goût assez vif pour les spectacles de la rue me retient autour des querelles vidées en plein air, où je rencontre l'occasion d'enrichir mon vocabulaire. J'espérai, au chevet de Mme Armand, que le dialogue des deux femmes s'allumerait de cette virulence qui embrase les mésententes féminines. Mais l'incompréhensible mort, qui n'enseigne rien aux vivants, les souvenirs d'un nauséeux poison, la rigueur du dévouement qui soigne sa victime à coups de férule, tout cela était trop présent, encombrant, massif, pour céder la place à une saine engueulade. Que venais-je faire, dans ce lieu régi timidement par

un petit père Gros-Yeux? De sa « dame », in-
complètement séduite par la mort, que me reste-
rait-il au-delà d'un mystère fade? Mlle Devoidy,
type accompli, intègre et sec de la célibataire, je
sentis que c'en était fini pour moi de la décorer
du nom d'énigme et que l'attrait du vide ne sau-
rait avoir qu'un temps...

Le chagrin, la peur, la douleur physique, le
froid et le chaud dans leur excès, je me charge
encore de leur opposer un visage honorable.
Mais j'abdique devant l'ennui, qui fait de moi un
être misérable, au besoin féroce. Son approche,
sa présence capricieuse qui affecte les muscles
des mâchoires, danse au creux de l'estomac,
chante un refrain que rythment les orteils, je fais
plus que les redouter, je les fuis. Ces deux
femmes qui, d'incarner l'une la gratitude, l'autre
le dévouement, venaient d'élever entre elles des
barrières, eurent à mes yeux le tort de ne point
s'avancer jusqu'à des attitudes classiques. Elles
n'usèrent pas du rire outrageant, des insultes qui
aveuglent comme le poivre, des poings calés au
creux de la taille. Elles ne réveillèrent même pas
des griefs conservés, minuscules et vivaces, dans
un long sommeil d'infusoires. Toutefois j'entendis des échanges dangereux et des vocables tels
que « névrosée... ingratitude... Touche-à-tout...
s'immiscer... ». Je crois que ce fut sur ce dernier
verbe, sifflant à souhait, que Mlle Devoidy se
leva, nous jeta un bref au revoir d'une bouche
amère et cérémonieuse, et sortit.

Un peu tard, je manifestai l'agitation convenable :

— Mais voyons... Mais ce n'est pas sérieux...
Quel enfantillage! Qui se serait attendu...

Mme Armand ne fit qu'un petit mouvement

d'épaules, une manière de « laissez donc! ». Le jour baissant rapidement, elle étendit le bras et alluma la lampe du chevet, nichée au centre d'un juponnage en marceline saumon. Aussitôt le caractère démoralisant de la chambre changea et je ne cachai pas mon contentement, car l'abat-jour, pour ruché et prétentieux qu'il fût, filtrait une clarté d'un rose enchanteur de coquille marine. Mme Armand sourit :

— Je crois que nous sommes contentes toutes les deux, dit-elle.

Elle vit que j'allais parler encore de l'incident désagréable et m'arrêta :

— Laissez, madame, ces petites piques-là, moins on s'en occupe et mieux ça vaut. Ou bien ça s'arrange tout seul, ou bien ça ne s'arrange pas et c'est encore meilleur. Reprenez un doigt de vin. Si, si, reprenez-en, il est naturel.

Elle sauta de sa couche, en rabattant le bas de sa robe adroitement. En ce temps-là les femmes ne se laissaient pas glisser d'un divan ou d'une voiture en dénudant, comme aujourd'hui, avec une barbare et froide indifférence, une grande marge de peau de cuisse.

— Vous n'abusez pas de vos forces, madame Armand ?

Elle allait et venait sur ses pieds chaussés de satin et de jais, ses pieds pudibonds jusque dans la mort. Elle versa le pseudo-porto, tira un velum sur la partie vitrée du plafond, se montra alerte non sans grâce, comme allégée. Une aimable femme, en somme, peu marquée par ses trente-six ans... Une femme qui avait voulu mourir...

Elle alluma une seconde lampe rose. La pièce, extraordinaire à force de banalité, respirait la fausse gaieté des chambres d'hôtel bien tenues.

Mon hôtesse vint prendre la chaise abandonnée par Mlle Devoidy, la planta près de moi avec décision.

— Non, madame, je n'accepte pas qu'on croie que je me suis tuée par neurasthénie.

— Mais, dis-je, je n'ai jamais pensé... Rien ne m'a donné à croire...

J'étais surprise d'entendre Mme Armand rappeler, comme un fait accompli, sa vaine tentative. Elle me livra, bien ouverts et appuyés sur les miens, ses yeux dont l'extrême et noir éclat ne révélait presque rien. Son petit front poli et sage, sous l'éponge de frisure, semblait n'avoir en effet jamais logé, entre deux beaux sourcils, le regrettable désordre appelé neurasthénie. De ses mains incertaines elle redressa dans leur vase, avant de s'asseoir, les violettes dont je voyais, entre ses doigts, trembler les tiges. « Les nerfs, n'est-ce pas... » Des mains maladroites même à mesurer une dose efficace de poison...

— Madame, dit-elle, il faut vous dire d'abord que j'ai toujours eu une bien petite vie...

Un tel exorde me menaçait d'un long récit. Pourtant je restai.

Il est facile de relater ce qui n'importe guère. La mémoire ne m'a pas manqué pour consigner les paroles oiseuses des deux voisines de palier, leurs ridicules bénins, m'attacher à les faire ressemblantes. Mais à partir des mots : « J'ai toujours eu une bien petite vie... » je me sens délivrée des soucis médiocres qui s'imposent à l'écrivain, par exemple de noter fidèlement les trop fréquents « d'un sens », les « ce que c'est que de nous » qui remontaient comme des bulles sur le récit de Mme Armand. S'ils facilitèrent son récit, c'est à moi de les en ôter. Il m'appartient d'abréger, et aussi de supprimer, de notre entretien, mon insignifiant apport personnel.

— Une bien petite vie... J'ai épousé un si brave homme. Un homme aussi parfait, travailleur, dévoué et tout, ça ne devrait pas exister. Qu'est-ce que vous voulez qui arrive d'imprévu, avec un homme aussi parfait ? Et nous n'avons pas eu d'enfant. Pour ne pas vous mentir, je crois que je m'en suis passée facilement.

« Une fois, un jeune homme du quartier... Oh ! non, ce n'est pas ce que vous attendez. Un jeune homme, qui avait le front de m'interpeller dans l'escalier, parce que c'était sombre. Pour beau, je dois reconnaître qu'il était beau. Il me promettait monts et merveilles, bien entendu. Il me disait : "Je ne te prends pas en traître. Avec moi tu en verras de vertes. Tu peux compter que je te ferai crever aussi bien de chagrin que de bonheur. Ce sera à ma fantaisie, mais pas à la tienne..." Ekcetera, ekcetera. Une fois il me dit : "Donne-le-moi voir, ton petit poignet." Je ne le lui donne pas, il me le prend, il me le tord. Plus de dix jours je n'ai pas pu me servir de ma main et c'était mon petit Exo qui me la soignait. Le soir, après m'avoir mis un velpeau propre au poignet — je lui avais raconté que j'étais tombée —, il regardait longtemps ce poignet bandé. J'avais honte, je me faisais l'effet d'un chien qui rentre à la maison avec un collier que personne ne lui connaît et à qui on dit : "Mais d'où donc que tu nous ramènes un collier pareil ?" Comme quoi les moins malins ont leur finesse.

« Avec ce jeune homme, ça a fini avant de commencer. Savez-vous ce que je n'ai pas pu supporter ? C'est que ce monsieur, à qui je n'ai jamais répondu trois paroles, se permettait de me dire "tu". Il était sorti comme de dessous terre devant mes pas. Eh bien, il y est rentré.

« Depuis ? Mais rien. Ce qui s'appelle rien. Il n'y a pas de quoi vous étonner. Beaucoup de femmes et pas des plus vilaines seraient dans mon cas, si elles ne poussaient pas à la roue. Il ne faut pas croire que les hommes se jettent sur les femmes comme des anthropophages. Mais non, madame. Ce sont les femmes qui en font courir le bruit. Les hommes sont bien trop précautionneux de leur tranquillité. Mais bien des femmes ne supportent pas qu'un homme se tienne convenablement. Je sais ce que je dis.

« Moi, je ne suis pas d'un tempérament à penser beaucoup aux hommes. D'un sens, il aurait peut-être mieux valu pour moi que j'y pense. Au lieu de ça, qu'est-ce qui m'a pris, un matin en apprêtant un tendron de veau ? Je me dis : "J'ai déjà fait un tendron aux petits pois samedi dernier, ça va bien, mais il ne faut pas abuser, une semaine passe si vite... Déjà onze heures, mon mari a un groupe de baptême qui vient poser à une heure et demie, il faut que j'aie fini ma vaisselle avant que les clients viennent, mon mari n'aime pas entendre la vaisselle, ni fourgonner le fourneau à travers la cloison quand les clients sont dans l'atelier... Et après il faut que je descende, j'ai la teinturière qui n'en finit pas de délustrer le complet noir de mon mari, je vais lui passer quelque chose... Si je suis rentrée pour mon repassage avant la nuit ce sera bien un hasard ; tant pis, je r'humecterai mes rideaux de vitrage et je les repasserai demain, plutôt que de les roussir aujourd'hui. Après, je n'ai plus que le dîner à m'occuper et deux trois bricoles, et c'est fini..."

« Et au lieu d'ajouter, comme je faisais souvent : "C'est fini... Pas trop tôt..." Je continue : "C'est fini ? Comment, fini ? C'est tout ? C'est toute ma journée d'aujourd'hui, d'hier, de demain ?... Mais je rêve. Je dois bien avoir autre chose, voyons, dans ma journée ?" Le soir, j'étais couchée que je ruminais encore mes imbécillités. Le lendemain j'allais mieux et je devais faire des confitures, mettre des cornichons au vinaigre, vous pensez si j'envoie Mlle Devoidy aux commissions, c'était bien son tour, pour me consacrer à éplucher mes fraises et à frotter mes cornichons dans le sel. J'étais bien à mon affaire, quand ça me reprend : "Les événements de ma vie, alors, c'est le jour des confitures ? La bassine de cuivre, attention, elle a le fond rond, si elle bascule sur le trou de la cuisinière, quelle catastrophe !... Et je n'ai pas assez de pots en verre, il faut que Mme Gâteroy me prête ses deux pots à confits d'oie, si elle peut... Et quand j'aurai fini mes confitures, qu'est-ce qui viendra comme événement sensationnel ?" Enfin vous voyez le tableau.

« Il n'était pas cinq heures que voilà mes confitures faites. Faites et mal faites. Ratées comme jamais, en caramel. Heureusement que la fraise était pour rien. Et me voilà repartie : "Demain, voyons, demain... Demain nous avons cette dame qui vient pour le collage des épreuves sur carton-fibre". Le carton-fibre était une nouveauté imitation de feutre, qui donnait beaucoup d'allure aux photos sport. Mais il demandait un tour de main, une colle spéciale. Une fois par semaine, nous avions donc cette dame, je la gardais à déjeuner, ça me faisait une distraction. Nous n'y perdions pas, elle employait admirablement son temps et

pour elle c'était mieux que de courir à la crèmerie chaude. Je rajoutais une friandise, une bonne
charcuterie...

« Mais ce jour dont je vous parle, j'ai senti que
tout m'était égal, ou plutôt que rien ne me suffisait. Et les jours suivants..., je les passe sous
silence.

« Vous dites? Oh! non. Oh! vous faites erreur,
je ne méprisais pas mes occupations, au
contraire. Jamais je ne m'y suis tant appliquée.
Rien n'a cloché. Sauf que je trouvais le temps
long et qu'en même temps je cherchais ce que
j'aurais pu y introduire... La lecture? Vous avez
sûrement raison. La lecture est une bonne distraction. Mais j'ai le caractère si mal fait que
presque tout ce que j'ai essayé de lire me paraissait... un peu maigre, plutôt pauvre. Toujours
cette manie de quelque chose de grand... Mon
ménage fait, ma journée finie, j'allais respirer sur
le palier — comme si de là j'avais pu voir plus
loin. Mais palier ou pas palier, j'en avais assez et
pire qu'assez.

« Pardon?... Ah! vous mettez le doigt sur la difficulté. Assez de quoi, justement? Une femme si
heureuse, comme disait Mme Gâteroy en parlant
de moi. Une femme si heureuse, mais parfaitement, c'est ce que j'aurais été si j'avais eu dans
ma petite vie, de place en place, quelque chose de
grand. Ce que j'appelle grand? Mais je n'en sais
rien, madame, puisque je ne l'ai pas eu! Si je
l'avais eu même une fois, je vous garantis que
j'aurais bien reconnu tout de suite que c'était
grand! »

Elle se leva, s'assit sur le lit, s'appuya des
coudes sur ses genoux. Ainsi elle me faisait face.
Une ride en incision entre les sourcils, un de ses

yeux nerveusement rapetissé, elle ne me sembla pas plus laide, au contraire.

« Que c'est curieux, les pressentiments, madame ! Pas les miens, je parle de ceux de mon mari. De but en blanc, il m'a proposé à cette époque-là : "Si tu veux, en juillet nous retournerons un mois à Yport comme il y a deux ans, ça te ferait du bien." Yport ? Oui, ce n'est pas mal, assez famille comme plage, mais les personnalités parisiennes ne manquent pas. Tenez, quand nous y étions, nous voyions tous les jours Guirand de Scevola, ce peintre qui est devenu si connu. Il peignait la mer en furie, d'après nature, les pieds de son chevalet dans l'écume des vagues. C'était un vrai spectacle. Tout le monde le regardait... Naturellement j'ai répondu à mon petit Exo : "Tu prends bien ton temps d'aller manger nos quatre sous à la mer ! — Quand il s'agit de toi, il m'a fait, rien ne compte." Ce jour-là et beaucoup d'autres jours, je me suis bien juré de ne jamais peiner un homme pareil. D'ailleurs ce n'est pas d'aller à Yport qui aurait introduit quelque chose de grand dans ma vie. À moins de sauver un enfant qui se noie... Mais je ne sais pas nager.

« De fil en aiguille, je me suis rendue bien malheureuse, je l'avoue. À force, qu'est-ce que j'ai été imaginer ? J'ai été m'imaginer que ce que la vie ne pouvait pas faire pour moi, je le trouverais dans la mort. Je me suis dit que lorsque la mort s'approche de vous, pas trop vite, pas trop fort, on doit avoir des minutes sublimes, que les pensées s'élèvent, que vous quittez tout ce qui est mesquin, tout ce qui vous a rapetissé, les nuits de mauvais sommeil, les misères du corps... Ah ! quel dédommagement j'ai inventé... Tout mon espoir, je l'ai transporté dans ces moments-là, figurez-vous...

« Oh ! mais si, madame, j'ai pensé à mon mari ! Des jours et des jours, des nuits et des nuits. Et à son chagrin. Faites-moi l'honneur de croire que j'avais pesé, envisagé ceci et cela avant de me mettre en route. Mais une fois en route j'ai été tout de suite très loin... »

Mme Armand baissa les yeux sur ses mains qu'elle avait croisées, eut un sourire inattendu :

« Madame, on meurt très rarement d'avoir perdu quelqu'un. Je crois qu'on meurt plus souvent de quelqu'un qu'on n'a pas eu. Mais pensez-vous qu'en me donnant la mort je ne perdais pas cruellement mon mari ? Et puis, à tant faire, mon Geo bien-aimé aurait toujours pu me rejoindre, s'il avait eu trop de peine... Faites-moi l'avantage de croire qu'avant de me mettre en route je me suis occupée des moindres détails. Ça n'a l'air de rien, mais j'ai eu beaucoup de complications. On pense que c'est une petite affaire que de s'étendre sur son lit, d'avaler une horreur quelconque et adieu ! Rien que pour me procurer cette drogue, qu'est-ce que je n'ai pas trafiqué et raconté comme craques ! J'ai profité dare-dare du jour où un accident de lumière rouge, au laboratoire, obligeait mon mari à sortir tôt après le déjeuner... Un peu plus je plantais tout là ! Mais j'étais reprise, j'étais soutenue par mon idée, par la pensée de cette... cette espèce de... »

Je risquai un mot duquel Mme Armand s'empara avidement :

« Oui, madame, apothéose ! Justement, apothéose ! Ce jour-là, j'étais inquiète, je me demandais quel avaro me tomberait encore. Eh bien, la matinée a passé comme une lettre à la poste. Au lieu de déjeuner j'ai pris une infusion. Les draps brodés au lit, le ménage soigné, la lettre à mon mari cachetée, mon mari pressé de sortir... Je l'ai rappelé pour lui donner son paletot de demi-saison, et je le croyais parti qu'il était encore là, il avait cassé ce flacon d'hyposulfite, vous vous souvenez ?

« Je me crois enfin toute seule, je ferme la porte à clef, je m'installe. Oui, ici, mais dans le lit, les oreillers brodés derrière mon dos, tout frais. Bon ! À peine couchée, je repense à la blanchisseuse. Je me relève, je marque un mot sur un papier et je me recouche. D'abord j'avale un cachet qui devait empêcher les spasmes de l'estomac et j'attends dix minutes comme on m'avait prescrit. Et puis j'avale la drogue, en une fois. Et je vous prie de croire — Mme Armand tordit un peu la bouche — que ça n'avait rien d'une friandise.

« Et puis ?... Et puis j'attends. Non, pas la mort, mais ce que je m'étais promis avant elle. J'étais comme sur un embarcadère. Non, non, je ne souffrais pas, mais je me faisais vieille. Pour comble, mes pieds qui étaient chaussés s'échauffaient au fond du lit, ils me faisaient un mal de chien partout où ils sont abîmés. Pire que ça : je m'imagine qu'on vient de sonner ! Je me dis : "C'est un fait exprès, je n'en finirai pas." Je me relève assise, je me récapitule s'il n'y a pas de rendez-vous pris pour une pose, j'écoute... Mais je crois que c'étaient les bourdonnements d'oreille qui commençaient. Je me recouche et je dis une petite prière, quoique je ne sois pas particulièrement croyante : "Mon Dieu, dans votre infinie bonté, prenez en pitié une âme malheu-

reuse et coupable..." Impossible de me rappeler
le reste, ma foi... Mais ça pouvait suffire, n'est-ce
pas.

« Et j'attendais toujours. J'attendais ma
récompense, mon grand arrivage de belles pensées, une grande paire d'ailes pour m'emmener,
pour m'égarer, que je ne sois plus moi... La tête
me tournait, je croyais voir des grands cercles
autour de moi... Un moment j'ai été comme
quand on rêve qu'on tombe du haut d'une tour,
mais rien de plus. Rien, croiriez-vous, que mes
idées et mes tracas de tous les jours et de ce
jour-là. Par exemple, je me tourmentais que mon
petit Exo, le soir, n'ait en rentrant que la viande
froide et la salade avec la soupe réchauffée... En
même temps je pensais : "Ce sera encore de trop,
le chagrin de ma mort lui fera une barre sur
l'estomac. Tout le monde va être tellement gentil
pour lui dans la maison... Mon Dieu, prenez en
pitié une âme malheureuse et coupable..." Je
n'aurais jamais cru que pour mourir ce serait des
pieds que je souffrirais le plus...

« Les bourdonnements et les cercles faisaient
la roue autour de moi, mais j'attendais toujours.
J'attendais couchée, si sage... »

Elle glissa vers le milieu du lit, retrouva l'attitude et la passivité de sa mort différée, et ferma
ses yeux dont je ne vis plus que la ligne des cils,
plumeuse et noire.

« Je ne perdais pas la tête, j'écoutais les bruits
dans l'escalier, je comptais tout ce que j'avais
oublié, laissé en pagaille de l'autre côté, je voulais dire le côté que je quittais, je me reprochais
mes promenades à pied que je faisais le soir sans
m'occuper si mon mari s'ennuyait tout seul, sa
journée finie... Des riens, des petitesses, des

réflexions sans intérêt, qui surnageaient sur les bourdonnements et les cercles... Je me souviens vaguement que j'ai voulu mettre mes mains sur ma figure et pleurer, et que je n'ai pas pu, j'étais comme sans bras. Je me suis dit : "C'est la fin. Comme c'est triste, que je n'aie pas eu dans ma mort ce que je voulais dans la vie..."

« Oui, je crois que c'est tout, madame. Un froid terrible est venu couper le fil de mes pensées, et encore je n'en suis pas sûre. Ce qui est sûr, c'est que jamais, jamais plus je ne me suiciderai. Je sais maintenant que le suicide ne peut me servir à rien, je reste ici. Mais vous pouvez juger, sans vouloir offenser Mlle Devoidy, que j'ai toute ma tête et qu'une névrosée et moi, ça fait deux. »

D'un coup de reins, Mme Armand se releva. Elle gardait, de son récit, une fièvre qui lui animait le teint. Notre entretien finit en « au revoir, à bientôt ! » comme sur un quai de gare, après des récris sur « l'heure indue », et nous nous quittâmes — pour longtemps. Elle tint la porte de l'appartement ouverte derrière moi afin que la lumière de l'atelier me fît le palier plus clair. Je laissai, sur son seuil, la dame du photographe, mince et solitaire, mais non pas vacillante. Elle n'a pas dû chanceler une seconde fois. Quand il m'arrive de penser à elle, je la vois toujours appuyée sur ces scrupules que, modeste, elle appelait tracas, et soutenue par les élans de la féminine grandeur, humble et quotidienne, qu'elle méconnaissait en lui infligeant le nom de « bien petite vie ».

Flore et Pomone

— Donnons un peu à boire aux jeunes mimosas, disais-je à ma jardinière, en Provence.

Car les feux du ciel buvaient la sève de mes « quatre-saisons » transplantés, et leur feuille oblongue, ressemblant à la feuille de l'olivier, pendait altérée. Mais la jardinière secoua le front :

— Ils ont eu de l'eau hier, ils n'en auront que demain.

— Mais regardez-les, ils ont soif !

La jardinière leva les bras :

— Ah ! bien, si vous les écoutez, ils vous en raconteront ! Tant plus vous leur donnerez, tant plus ils vous demanderont. Déjà que je suis forcée, pour arroser les tomates repiquées à côté d'eux, d'y aller comme en cachette !

Et pour un peu elle les eût menacés de sanctions comme elle faisait à sa pie privée, accusée de « sonner midi » vers onze heures et demie pour avoir plus tôt son repas. Elle me troublait aisément, quand il s'agissait de la créature enracinée, par des paroles de devineresse ou de rebouteux. « Ils se font faibles exprès », disait-elle ; elle désignait les mimeuses des quatre-saisons, en baissant la voix. Je n'étais, je ne fus

toujours que trop portée à nommer ruse et senti-
ment ce qui n'est — peut-être — que réflexe
mécanique, devant les pâmoisons et les résurrec-
tions du végétal, ses voltes rapides vers la
lumière, son âpreté à ne point mourir, aussi bien
qu'à tuer. Les amplifications animées sur l'écran
— gros miracle, indiscrétion majeure de la photographie — m'ont, contrairement à ce que j'en
espérai d'abord, un peu refroidie, comme si le
rôle de l'exactitude photographique était parfois,
en la démesurant, de violer la vérité et d'abuser
l'œil humain, de l'enivrer au moyen de l'accéléré
et du ralenti. Ce qui ment au rythme ment,
presque, à l'essence de la créature. L'angoisse et
le plaisir de sentir vivre le végétal, ce n'est pas au
cinéma que je les ai le mieux éprouvés, c'est par
mes sens faibles, mais complets, étayés l'un par
l'autre, non en comblant, en renforçant follement
ma vue.

Comme beaucoup de ceux qui ont vécu au
contact de la douce foule végétale, je connais sa
bienveillance, et je regimbe devant un rythme
artificiel qui transforme la germination et la
lente croissance en ruées, les éclosions en bâille-
ments de fauves, le gloxinia en trappe, le lis en
crocodile et les haricots en hydres. Si l'on me
veut faire accepter la gigantisation du cinéma,
qu'on m'y donne, synchroniquement et à men-
songe égal, le vacarme de la plante, mille fois
grossi lui aussi, le tonnerre des floraisons, la
canonnade des cosses éclatées et la balistique des
semences. Le végétal n'est pas un règne muet,
encore que le son de son activité ne nous par-
vienne que par chance et exception, comme une
récompense subtile accordée soit à notre vigi-
lance, soit à une de ces paresses qui valent, par
leur fruit, autant que l'observation.

Cours-la-Reine, j'aimais visiter les expositions florales, qui jalonnaient si fidèlement l'année. L'azalée venait d'abord, puis l'iris et les hortensias, les orchidées, pour finir par les chrysanthèmes. Je me souviens d'une extraordinaire prodigalité d'iris, en mai... Mille et mille iris, un massif d'azur avoisinant un massif jaune, un violet velouté confronté à un mauve très pâle, iris noirs couleur de toile d'araignée, iris blancs qui fleurent l'iris, iris bleus comme l'orage nocturne et iris du Japon à larges langues... Il y avait aussi les tigridias et leurs oripeaux de saltimbanques magnifiques... Mille et mille iris, occupés de naître et de mourir ponctuellement, sans cesse, de mêler leur parfum à une fétidité d'engrais mystérieux...

Pour bruyant qu'était notre Paris autrefois, il eut toujours ses moments imprévus d'apaisement. Cours-la-Reine, entre une heure et une heure et demie, les derniers camions ayant gagné leurs réfectoires, les amateurs de fleurs et de silence pouvaient goûter une trêve étrange, une solitude où les fleurs semblaient se remettre de la curiosité humaine. La chaleur filtrée par le plafond de toile, l'absence de toute brise, le poids somnifère d'un air chargé d'odeur et d'humidité sont des biens dont Paris est d'habitude avare. Par milliers les iris semblaient couver fiévreusement l'été. La paix régnait mais non le silence, que troublait un bruit insistant et léger, plus fin que le grignotement d'une magnanerie, un bruit de soie égratignée... Le bruit d'élytre qui s'entrouvre, le bruit de patte délicate d'insecte, le bruit de feuille morte dansant, c'étaient les iris, dans la lumière propice et tamisée, desserrant la membrane sèche roulée à la base de leur calice, les iris qui par milliers éclosaient.

Crissement d'une existence, d'une exigence bien réelles, coup de force du bouton, saccades d'érection d'une tige exsangue à qui l'on vient de rendre son aliment liquide, avidité des tiges aqueuses telles que la jacinthe, la tulipe, le narcisse, croissance fantastique du champignon qui monte en brandissant sur sa tête ronde la feuille qui l'a vu naître, tels sont les spectacles et les musiques pour lesquels le respect m'est venu, à mesure que s'aggravait ma curiosité. Est-ce à dire que je ménage, par scrupule et attendrissement, la sensibilité, la souffrance des végétaux, que je regarde à trancher la fibre, abattre la tête, tarir la sève? Non. Aimer davantage n'entraîne pas à une plus grande pitié.

Tous, nous tressaillons lorsqu'une rose, en se défaisant dans une chambre tiède, abandonne un de ses pétales en conque, l'envoie voguer, reflété, sur un marbre lisse. Le son de sa chute, très bas, distinct, est comme une syllabe du silence et suffit à émouvoir un poète. La pivoine se défleurit d'un coup, délie au pied du vase une roue de pétales. Mais je n'ai pas de goût pour les spectacles et les symboles d'une gracieuse mort. Parlez-moi au contraire du soupir victorieux des iris en travail, de l'arum qui grince en déroulant son cornet, du gros pavot écarlate qui force ses sépales verts un peu poilus avec un petit « cloc », puis se hâte d'étirer sa soie rouge sous la poussée de la capsule porte-graines, chevelue d'étamines bleues! Le fuchsia non plus n'est pas muet. Son bouton rougeaud ne divise pas ses quatre contrevents, ne les relève pas en cornes de pagode sans un léger claquement de lèvres, après quoi il libère, blanc, rose ou violet, son charmant juponnage froissé... Devant lui, devant l'ipomée, comment ne pas évoquer d'autres naissances, le grand fracas insaisissable de la chrysalide rompue, l'aile humide et ployée, la première patte qui tâte un monde inconnu, l'œil féerique dont les facettes reçoivent le choc de la première image terrestre?... Je reste froide à l'agonie des corolles. Mais le début d'une carrière de fleur m'exalte, et le commencement d'une longévité de lépidoptère. Qu'est la majesté de ce qui finit, auprès des départs titubants, des désordres de l'aurore?

Défense, attaque, lutte pour durer et vaincre : nous ne voyons pas, sous notre climat, le pire des combats que se livrent les grandes et dévorantes plantes exotiques, mais ici la douce petite grassette roule sur l'insecte sa feuille poilue et le digère, le siphon de l'aristoloche s'emplit de victimes minuscules. L'appétit d'un végétal, s'il le fait ressembler à l'animal, je ne l'aime pas plus que je n'aime une bête humanisée. « Vous ne voulez pas que je vous donne un petit singe? » me proposait-on. « Non, merci, répondis-je, je préfère un animal. » Je bannis les fleurs-pièges, leurs jeux de mandibules, les sécrétions mortelles. Que de crimes, perpétrés d'un règne sur un autre règne! Ne vais-je pas avoir encore à délivrer, ce printemps, l'abeille prise au vernis de ton bourgeon gommeux, beau marronnier rose? Du moins tu es beau. Mais que penser, pour la honte de la famille des pieds-de-veau, d'un certain arum?... Sa hampe phallique épanouit autour d'elle une senteur de viande corrompue, qui abuse et enivre des nuées d'insectes. Ils se ruent à l'ivresse, puis à la torpeur, on les voit sur elle agglutinés, entassés dans son cornet, se disputer tout ce qu'elle dispense, mort comprise, et prostrés ils oublient l'antagonisme. J'aimerais avec horreur savoir...

Non, je n'aimerais pas savoir. Que le petit secret noir reste gisant au fond de la fleur-mauvais-lieu. La belle avance que de définir, nommer ou prévoir ce que l'ignorance me permet de tenir pour merveilleux! La fleur n'est pas explicable, ni son influence sur nous. Un feuillage, par la forme et le coloris, est-il merveilleux? Notre interrogation va quand même à sa fleur modeste. Un adolescent perdit une bonne part de son admiration pour la bougainvillée, ce manteau de feu orangé, violacé, rose, qui couvre des murs algériens. « Depuis que je sais que ce ne sont que des bractées... », dit-il sans s'expliquer davantage.

Eh oui, des bractées seulement. Nous ne voulons révérer que le cratère, qui est la fleur.

Dieu sait si j'admire, sur les terres légères de l'Ile-de-France, les enclos fruitiers. Maniés et remaniés, ameublis, tourmentés par l'homme, enrichis par lui, il n'est pas un pouce de certains cantons choyés qui n'ait porté cerise ou poire, groseille ou framboise. La taille en gobelet met le fruit à portée de la main, creuse l'arbre pour que le rayon et la brise y descendent. À qui donner le prix, entre la framboise embrumée de pruine mauve, la montmorency d'une chair si fine que le noyau y transparaît à contre-jour, la mirabelle piquetée comme une joue? Pourtant la gloire d'un arbre à fruit, l'image la plus tenace qu'il dépose en nous, la plus passionnément contemplée, c'est le souvenir de sa floraison éphémère. Les manchons blancs passés aux bras des cerisiers, le blanc-vert hâtif qui étoile les pruniers, le blanc crémeux hérissé d'étamines brunes des poiriers, enfin les pommiers blancs comme des roses, roses comme la neige à l'aurore — cette écume, ces cygnes, ces fantômes, ces anges, en huit jours naissent, déferlent et s'anéantissent, meurent épars. Mais cette semaine efface la solide splendeur, la durable et joyeuse saison des fruits. La main pleine et soupesant une longue poire, nous disons : « Te souviens-tu de tous les poiriers de ce coteau, fleuris le même jour ? »

C'est que modeste, et petit, et de peu de couleur, un fleurissement garde tous ses caractères d'explosion, tandis que le départ de la feuille ne la mène qu'à grandir. Beauté du caladium et de sa grande feuille oreillarde, irriguée de rose, de vert, de marron ! Mais elle n'est qu'une large feuille après avoir été une petite feuille. Du bouton à la corolle intervient un miracle d'effort, puis d'éclatement. Seule la fleur a son sexe, son secret, son apogée. Après elle, la graine convulsive de la balsamine et sa mitraille, la crépitante cosse de l'ajonc mûr, ont elles-mêmes moins de mystère.

Depuis combien de temps l'homme échange-t-il sa vie contre la conquête de la plante ? Une fleur, tout pour une fleur ! Et l'alpiniste se tue au moment d'atteindre la gentiane, le rosage, l'edelweiss. Les explorateurs d'un autre hémisphère — qu'ils s'appellent Marcoy, Charnay ou Harmand — traversent l'Amérique du Sud, d'océan à océan, affrontent le Mexique... Pour une fleur ? Non, mais ils rencontrent la tentation de la fleur, qu'ils ne croyaient pas si puissante. Là-bas, la fièvre les prend, les quitte et les reprend, des serpents bleus et verts se balancent au-dessus de leurs têtes, et les fauves hésitent, étonnés, devant l'homme blanc. Cependant, celui-ci cueille des

orchidées, s'installe sur un petit pliant, au carre-
four de quatre ou cinq risques mortels, et croque
entre deux tornades un orchis et son appareil de
pétales, d'antennes, de langues, de lunules et de
chiffres, avant que ne se ruent les fourmis invin-
cibles... Un de mes héros, qui tenait l'affût sur un
sentier de jaguars, lève les yeux, voit au-dessus
de lui une fleur inconnue, et dédaigné le jaguar
passe, assez frais, assez fleuri de taches pour
rivaliser avec l'*oncidium papilio* que vient de lui
préférer le chasseur... À la halte, l'homme de
science, doublé d'un enfant ébahi, oubliait son
estomac creux, ses pieds blessés, les moustiques
démesurés et les scorpions pour donner ses premiers soins à sa plante mi-morte. Il la ployait et
la fixait dans l'herbier, où elle devenait
encombrante comme sont tous les cadavres...

Je lis et relis, avec respect et amusement, ces
mémorables voyages de pauvres. Presque pas
d'argent, trois mules fourbues, quelques fusils,
une poignée de nègres, de la verroterie, et... l'herbier. C'est l'herbier qu'un homme brandissait,
nageant d'un bras, au-dessus des rapides, —
l'herbier que l'on couvrait de ponchos et de
palmes pour le préserver des déluges tropicaux,
lui qu'on enfermait dans une cantine de fer-blanc
à cause des termites... Il arrivait que l'herbier
parvînt jusqu'à un musée et que s'endormît, dans
un hypogée provincial, la merveille disséquée,
stérilisée, plus légère qu'une pomme frite, plate
et méconnaissable, pareille à ce qui n'a jamais
vécu. Et l'honnête homme, le coureur de jungles,
à jamais humble et courageux, s'évertuait à la
faire revivre : « Vous voyez, cette partie de la
plante est, dans la nature, d'un rose carné indicible, tavelé de pourpre... Ici la fleur détache de

sa corolle une aigrette aérienne d'étamines, un rostre du plus beau jaune d'or... Naturellement, on ne peut plus se rendre compte... Quant au parfum, il est si suave et si impérieux ensemble, qu'il éloigne le sommeil... Les nuits, sous ces latitudes... » Et il interrompait l'impossible description par un geste d'impuissance...

Il savait pourtant parler de ce qu'il aimait, et même écrire assez bien, cet homme qui parcourait les antipodes avant le secours du cinéma ambulant, de la téléphonie avec ou sans fil, qui se mettait en tête de remonter le Zambèze et l'Amazone, de forcer les secrets du Mato Grosso et de rapporter entre son sein et sa chemise un bulbe jusque-là inaccessible. Outre les noms que j'ai dits, il s'appelait aussi Baker et Serpa Pinto. Il portait, sinon d'étranges favoris, une barbe à n'en pas croire les yeux, des cheveux de lion qui, assurait-il, le gardaient des rayons du soleil comme de la rosée des nuits tropicales. Ingénument, il emmenait d'Europe ses chiens préférés, des épagneuls de marais, et jusqu'à des bouledogues anglais, puis il pleurait de les voir mourir, quasi grillés vifs, sous soixante degrés centigrades. Il savait se priver de tout, mais il emportait ses répugnances bourgeoises et ne pouvait s'habituer à des mets indigènes, à une céréale qui l'eût guéri de la dysenterie. C'est ce brave, ce cœur pur, cet enfant, ce petit Français tâtillon, celui-là et nul autre, qui s'en allait cueillir des fleurs dans des marécages plus hantés qu'un mauvais songe, nanti pour toute panacée d'un bon kilo de quinine...

Cet homme-là, je ne me fie qu'à lui aujourd'hui pour courir le monde sans quitter mon fauteuil. Avec lui je chasse le lion, je sauve un oiseau-

mouche assailli et cisaillé par *deux* fourmis
féroces et démesurées, et je conquiers délicatement sur quelque branchage gigantesque, entre
un python à jeun et un nid de guêpes maçonnes,
l'extravagante *oncidie* de Galeotti.

Est-ce à dire que je suis particulièrement
férue, comme lui, de l'espèce orchidée ? Point.
En vain, elle déploie ses antennes rouges, se
couvre d'arabesques couleur de sang sec, dresse
tous ses prestiges sur un socle-abdomen, gros et
pourpré comme une prune de Monsieur. Un
autre esprit floral des marécages funestes a beau
se montrer sous l'aspect d'une fée à peine rosée,
tout en linge fin, j'aurais vite fait, en si étrange
compagnie, de soupirer après une rose. Mais
mon guide, mon fiévreux, mon errant aux pieds
écorchés, traque l'orchis, et je le suis. Il chemine
plein de foi avec un perroquet sur l'épaule, une
petite chèvre fidèle qu'il a recueillie, un kangou-
rou en bas âge dans une poche de cuir suspendue
à un bâton. Il murmure, extasié, des litanies
botaniques : « Ah ! c'est l'*aristolochia labiosa*,
c'est la *trichopilia tortilis*... » Je ne lui en veux que
de m'apprendre des vocables latins quand je voudrais des noms populaires. Mais de quels noms
familiers coiffer des créatures folles de mimé-
tisme, déguisées en oiseaux, en hyménoptères,
en plaies et en sexes ? L'*aristolochia* a un bec de
canard, une peste éruptive manifestée en violet
sur un fond blanchâtre, un grand jupon espagnol
qui pend à ses trousses et traîne l'odeur d'un
cadavre. La *miltonia* est agencée de lambeaux
géographiques, continents mordorés sur mers
jaunes. Va pour *oncidium*, va pour *stanhopea* et
pour *trichopilia*. Et je consens à mon guide son
suprême mirage : une ville natale où il prémédite

de déposer miraculeusement sauve, comme lui-
même anémiée et pâlie, la fleur unique, le précieux bulbe, le pauvre petit monstre frileux, — ce
qui reste de la volante orchidée, arrachée aux
continents noirs.

La création d'un jardin remonte en nous à des
conceptions enfantines. En perdant l'enfance,
nous perdons une grande part du don d'inventer.
Seuls nos jardins d'autrefois ont été des créations
authentiques, en dépit de leur apparente naïveté,
leurs dimensions exiguës d'enclos plantés de
têtes de soucis, de fanes de carottes et de baies
d'aubépine, entourés d'une rivière minuscule
dont le sable buvait sans cesse ce qu'y versait
d'eau notre petit arrosoir. Chaque enfant à sa
guise a dessiné son jardin. Mon second frère éri-
geait des tombeaux pour poupées, des stèles à la
taille d'une musaraigne, entre lesquels se promenait son âme où personne jamais ne put lire. Plus
simple, j'avais, dès mon jeune âge, horreur des
allées droites et des jardins quadrilatères. Je les
voulais soumis aux courbes, et toujours accotés à
quelque flanc, à quelque futaie, et regardant le
sud ou l'ouest. Aucun être ne change assez pour
que l'on ne puisse reconnaître, dans les décors
d'agrément que l'âge adulte réalise, l'improvisa-
tion qui s'élançait d'un enfant, s'aidait de la
brouette-joujou, prenait corps dans un coin du
potager, ou sous le plafond serré de l'if.
Bien des jardins m'ont laissé leur souvenir.
Presque tous me contentèrent, sauf ceux qui
étaient trop jeunes et qu'il m'eût fallu planter.
Passe encore de couvrir un mur d'espalier, de
restaurer les palmettes et les cordons. Mais
l'arbre dit d'agrément, si je le mets en terre, tarde

trop, je vais plus vite que lui. Sa belle tête dont l'ombre sera ronde, ses grands rameaux désordonnés, je n'ai plus le temps de les attendre. Un âge est pour le chêne, le hêtre, et toutes essences méditatives. Notre automne venu, nous pouvons encore avoir affaire gaiement à des arbustes porte-fleurs, nous divertir avec les weigelias, les deutzias neigeux, un menu peuple de syringas, de robiniers, et ce porteur de nues que le matin et la rosée irisent, l'arbre à perruque...

D'une enfance et d'une adolescence sédentaires, bornées par les limites de deux ou trois cantons, je n'appris pas l'art horticole. Les châteaux environnants n'en savaient guère plus que moi, car personne n'avait songé depuis longtemps à rajeunir ou brouiller le dessin de leur parc généralement Louis XIV, revu par le second Empire. Au centre de leur pelouse, devant la terrasse à lions écailleux, s'élevait le compotier à trois plateaux étagés qui fournissait d'eau le bassin et ses poissons rouges. Alentour subsistaient les plates-bandes à la française, appauvries par la routine et le temps. Un air de parenté planait, et pour cause, sur les massifs de ces gentilhommières. Le jardinier du château de Saint-Sauveur approvisionnait de semis les Jeannets, qui partageaient boutures et graines avec l'Orme-du-Pont, dont le régisseur fleurissait à son tour les parterres des Barres... Parfois un jardinier plus jeune et moins nonchalant écrivait en plantes naines, sur le versant de gazon qui soutenait la terrasse, des lettres enlacées, un blason, et tentait de ressusciter, par un émondage sévère, de très vieux orangers en caisses...

Les dimanches, nos promenades d'enfance et d'adolescence, mi-plaisir, mi-corvées, prenaient

pour but un des manoirs voisins, défendus seulement par des grilles ouvertes, des sauts-de-loup
comblés, des murs que maintenait le lierre, que
cimentait une mousse épaisse et velouteuse.
Nous ne franchissions pas ces limites. La présence et le renom de quelques vieilles familles un
peu gourmées, casanières, fidèles aux grand-
messes, suffisaient à nous barrer le passage. Par
petites bandes de fillettes faussement hardies,
nous avancions jusqu'à une allée d'accès dont le
vide majestueux nous rendait muettes. Encore
quelques pas, un détour d'allée bastionnée de
vieux lilas, de boules-de-neige et d'althéas, et le
château dévoilé, tout nu, réverbérait le soleil de
quatre heures.

La grande voix de cloches des braques au che-
nil nous dénonçait, mais nulle main ne poussait
les hautes persiennes entrecloses, n'empoignait
les mancherons d'une brouette oubliée devant le
perron. Les parfums qui cheminent lentement
venaient seuls à notre rencontre, délégués par le
rosier jaune poivré, le tilleul en fleurs et le gros
pavot écarlate, dont la tige est poilue comme un
marcassin et qui est secrètement meurtri, au
fond de sa corolle, d'une tache bleue de sombre
ecchymose.

Le silence, brodé à grands ramages par les
abeilles et les rainettes, une tiédeur sur laquelle
se refermaient les charmilles massives, un orage
ballonné, tenu en respect derrière la colline, la
pédale lointaine d'une batteuse à blé, — tels sont
encore aujourd'hui les matériaux qui me servent
à reconstruire l'été, comme si la belle saison,
indépendante d'une chaude température, étrangère aux plages oisives, fût remise au pouvoir
d'une certaine lenteur du temps, réservée aux

provinces du Centre, soucieuse de s'y tenir
cachée, durable et cernée d'espaliers. Vois-je une
pêche téton-de-Vénus encore un peu verte, déjà
un peu rose, mordue et abandonnée sur l'allée
par la petite dent du loir qui la cueillit : je vois
l'été. Les fenêtres d'un manoir modeste béent-
elles sur le noir des chambres, leurs rideaux de
mousseline aspirés au-dehors par le vent ? C'est
l'été. L'été aussi, décanté en répliques rituelles
échangées par nos dames du village, qui mar-
quaient le dimanche en ouvrant leurs ombrelles ;
l'été dans le nom des fraises d'autrefois qui
s'appelaient le capron rose, la belle-de-juin, la lié-
geoise-Haquin, celle-ci toute laide, que la matu-
rité pousse au bleu de cyanose, musquée comme
un fruit des tropiques et qui ne passait pas du
potager à la table sans s'écorcher, saigner, tacher
la corbeille et la nappe... Te voilà, été, et sous ton
août tes hôtes qui craignaient le soleil... À
l'ombre, tu rangeais les enfants du château, et les
parents derrière les volets, alentour d'un goûter
bien servi... Mais la salle à manger est glaciale, et
les enfants éternuent. Entre la galette de plomb
et le quatre-quarts trône un cantaloup mystérieux comme un puits, qui a bu un verre de porto
et deux cuillerées de sucre en poudre... Quand on
sort après le goûter, le soleil a changé de place, et
les grenouilles chantent... Été, ô mon désert...

Une fois, arrêtée le nez entre deux barreaux
d'une grille, je vis au bord de la pelouse centrale
une femme épaissie en caraco blanc et vieux chapeau de paille, qui fagotait, en se baissant avec
peine, les surgeons de rosiers fraîchement
rognés. Un homme maigre et long la suivait des
yeux, et quand il souleva son chapeau pour
s'essuyer le front, je reconnus, à ses cheveux d'un
blanc d'aluminium, le maître du château.

— Repose-toi, Yolande, cria-t-il. Tu sais ce qui t'attend si tu en fais trop !

La tâcheronne en caraco répondit par quelques mots que je n'entendis pas, et je rougis d'avoir surpris dans la plus humble intimité un couple qui ne se laissait voir, à la messe dominicale, que redressé, en armure de taffetas et d'empois, et répartissant ce qui lui restait de jeunesse sur la distance comprise entre le marchepied du break et le banc d'église marqué d'une couronne.

De tout temps le Français, en vivant par économie sur sa terre, s'est avisé que la culture de la fleur et les soins qu'elle demande sont des prodigalités de temps et d'argent. Il limite son luxe horticole au rosier rustique, au complaisant lilas, à l'aubépine rouge, — encore accuse-t-il celle-ci de lui « amener » les chenilles. Le villageois épris de son jardin est tout de suite un « original ». Mon chef-lieu de canton avait son homme à la rose, de qui la vieille bouche de tortue pinçait, d'un bout de l'an à l'autre, la tige d'une rose. L'hiver, il chambrait tout un harem de roses en pot dans sa petite maison. Le gloxinia apparut très tard chez nous, et créa quelques rivalités. Il ne détrôna pas la grande « chenille », ce manchon de campanules mauves, qui monte démesurément, encadre d'un seul jet les fenêtres et les fleurit toute une saison.

La gentilhommière bretonne a ses grands lotiers arborescents, ses genêts, même ses mimosas, et ses nobles voies d'accès en rayons d'étoile, plantées de sextuples rangées d'arbres, ses remparts compacts de sapins, égaux et sans brèche. Inhospitalier de nature, le Français soigne d'une manière défensive ses abords immédiats,

s'entoure d'églantier, d'épine noire et de gené-
vrier ; il barbèle au besoin son jardin, et sa première débauche d'imagination est pour la clô-
ture. Dans le Midi, le marchand de parcelles a
inventé une tentation pour l'acquéreur. Les cases
de son lotissement, il les entoure d'un petit mur
qu'il somme, en outre, d'une palissade. Et ras-
suré, mis en goût du « chez soi » par la grille et la
serrure, le nouveau propriétaire colle derrière ses
barreaux son sourire qui montre un peu les
dents, puis il prend sur son terrain les mesures
d'un jardin méridional.

Le jardin de ma maison natale perdit, le temps
l'aidant, l'habitude d'écarter les intrus. Je ne lui
connus qu'une grille bénigne, des portes entre-
bâillées le jour et la nuit. La porte charretière,
tout le village savait comment secouer son gros
vantail pour faire tomber, derrière, une lourde
barre de fer qui eût dû le verrouiller. Les dernières recommandations, à l'heure du couvre-
feu, étaient à rebours du bon sens : « Surtout
qu'on ne ferme pas la porte du perron, une des
chattes n'est pas rentrée ! La porte du fenil est-
elle ouverte, au moins ? Sans quoi le matou viendra encore miauler sous ma fenêtre à trois
heures du matin pour que je le fasse entrer ! »

Jardin d'En-haut, jardin d'En-bas — leurs
noms en disent assez sur la dénivellation du sol
— nous laissaient sortir clandestinement, le mur
enjambé, et clandestinement rentrer. Tous deux,
mêlés d'utile et de superflu, mettaient la tomate
et l'aubergine aux pieds des pyrèthres, repi-
quaient les laitues entre lès balsamines et les
héliotropes. Si nos hortensias étaient royalement
bouffis de têtes roses, ce n'était pas le résultat de
soins particuliers, c'est qu'ils touchaient presque

la pompe, bénéficiant ainsi des fonds d'arrosoirs jetés à la volée, des rinçages de cruches, et qu'ils buvaient leur saoul. Pour le prestige de notre jardin, fallait-il davantage qu'un chèvrefeuille centenaire et infatigable, que la glycine en cascatelles et le rosier cuisse-de-nymphe ? À eux trois, grimpant, descellant la grille, tordant une gouttière et s'insinuant sous les ardoises d'un toit, ils m'enseignèrent ce que sont la profusion, les adhérents parfums et leur excès de douceur.

Chacun enfante à sa ressemblance. Mes amis vous diront que je n'aménage pas de jardins graciles et clairsemés. Je me plais au gros paquet fleuri qui barre tout à coup l'allée, borne la vue, et je n'aime pas qu'un glorieux paysage entre à toute heure dans ma maison par toutes les issues. À un arbre qui le mérite, je donne l'air et l'espace, d'urgence et comme si je dusse moi-même périr suffoquée. Mais le désordre dans les jardins que je dirigeai fut toujours une simulation. Un certain échevèlement ne s'obtient qu'avec la collaboration du sécateur.

Mes yeux étonnés ont vu un jardin de Blasco Ibañez, meublé de bancs massifs en faïence, où sur fond blanc se voyaient, émaillés, tous les fruits, pommes, abricots, oranges et poires. Verger monumental, fruits d'émail funéraire, à briser les dents des vivants et des morts, — bancs de repos aussi accueillants et douillets, ma foi, qu'un lit de parade espagnol.

Une longue préméditation, une rêverie appliquée ne portent pas grand profit aux jardins de notre France. Je n'ai jamais contemplé les jardins de Claude Monet, mais je sais qu'il les voulait par moments bleus, et roses d'autres fois. Parmi ces aspects dont il avait seul concerté la

magnificence, il allait, pareil à lui-même, dans
un ample vêtement clair, et je me souviens que
mon impertinente jeunesse porta, sur ce bel hôte
immuable des changeants édens, un jugement
scandaleux en ce sens que j'eusse voulu voir le
maître des jardins décliner ou reverdir, tour à
tour sombre et vermeil, selon son humeur et son
âge, au milieu des saisons et des plantes sous-
traites à sa tyrannie d'artiste. Mais peut-être m'a-
t-on mal raconté Monet et ses fleurs gouver-
nées ?...

Par contre, j'aime le mot d'une Française revenue d'un long séjour dans des pays où la morne
exubérance ne connaît presque pas de variété :
« On peut à la rigueur se passer de printemps.
Mais ne pas avoir d'automne, non, à la fin, c'était
au-dessus de mes forces. » Mot singulier, et qui
semble que nous puissions espérer davantage du
trépas annuel que des prémices. Comme disait le
plus aimable illettré, amateur de jardins et de
tout ce qui vit, périclite et prospère : « Que
voulez-vous, il faut des intempéries ! »

Né à quarante kilomètres de Paris, à peu près
de mon âge, mon illettré ne savait ni lire ni
écrire. Quand je m'en étonnais, il disait simplement que « ça ne s'était pas trouvé comme ça ».

— Mais la loi qui rend obligatoire...

À ces mots, il tournait son regard vers le profond et dense horizon qui l'avait protégé du gen-
darme et du maître d'école : la forêt de Ram-
bouillet commençait à ma porte et semblait ne
finir nulle part, belle forêt domaniale dont je ne
connais que les tracés les plus battus et les plus
clairs, les routes qui mènent au muguet des
étangs de Hollande, aux jacinthes du Gros-
Rouvre, aux anémones sauvages des Mesnuls,

aux grandes digitales rouges des bois taillis au-
dessus de Saint-Léger...

Mais pour mon illettré sympathique, la forêt
n'était pas prodigue que de fleurs. Gîte, refuge,
école, livre où la science renaissait pour lui
vierge et cristalline, écrite en rais de soleil et de
pluie, il tenait tout de la forêt et n'avait jamais
quitté les nids, les futaies, les gibiers... Au
demeurant, un petit homme maigrelet, et sa fragilité l'avait, me confiait-il, engagé à se marier, et
à habiter sous un toit. Sur le tard, il faisait des
journées de jardinier chez les Parisiens qui mor-
dillent le bord de la forêt et y construisent de
façon périssable. Chez moi, il ne travailla guère,
je gaspillais tout son temps à consulter la sûre
mémoire sans défaillance d'un être que ne
trouble pas, ni n'encombre la routine typogra-
phique, la figure imprimée des mots. Que je me
sentais pauvre quand il me parlait! Dans sa
bouche, les noms de l'oiseau, de l'arbre et de
l'herbe, les chroniques de la forêt s'ajustaient à
leur objet comme l'abeille à la fleur. Une bienveillance — j'allais écrire une sainteté particulière — le détournait de braconner et de déni-
cher. Les braconniers souvent sont subtils, et
m'intéressent. Ils sont pleins d'enseignements
quand leur humeur les porte au récit. Mais quelque chose dans leur silence m'éloigne d'eux. Leur
mutisme a trop écouté les derniers sons des dernières terreurs qui hérissent la plume, agglu-
tinent le poil et voilent d'une taie bleuâtre les
doux yeux des bêtes capturées.

J'essayai d'éclairer, aux lumières de mon
sapient illettré, l'ignorance où je suis de ce qui
touche l'oiseau. Mais j'aurais dû commencer plus
tôt, et Jacques Delamain, mon autre maître, est

né trop tard. En outre il faut, si l'on veut
connaître l'oiseau, de très bons yeux. Je n'eus
qu'une part d'amateur, et les surprises joyeuses
qu'elle comporte. J'eus le rouge-gorge qui descendait, menaçant, jusqu'au-dessus du front de
la Chatte. Je me récriai, une courte saison, sur
l'abondance des bergeronnettes et leur hardiesse
à suivre mon jardinier ; il leur jetait larves et vers
exhumés par le tranchant de sa bêche, et elles les
happaient au vol, comme des poules familières.
Je gavai de graines un couple de pinsons qui
entraient dans la petite salle à manger en survo-
lant la Chatte du seuil. Si, au frôler d'une aile,
une lumière chasseresse, oubliée, se rallumait
dans les yeux de la Chatte, je n'avais qu'à lui
reprocher tout bas : « Chatte !... » et elle éteignait,
pour ne me point déplaire, ses fanaux de perdi-
tion...

C'est mon jardinier analphabète — je ne le
nomme pas, sa femme le pleure encore — qui
m'apprit à suspendre des nids en bûches de bou-
leau creusés et percés d'une entrée ronde, quand
il sut ma prédilection pour celle que Buffon
nomme, je crois, « le plus féroce des oiseaux ». Il
ignorait Buffon, mais connaissait bien la
mésange, et il trouva le mot infiniment comique.
Il s'appuyait sur le manche de sa bêche pour
contempler quelqu'une de mes préférées, bleue
comme l'Oiseau bleu, verte et jaune comme la
feuille de l'aulne au printemps, qui devant nous
échenillait, scrutait les écorces, se précipitait
sous un tunnel de feuilles mortes, en sortait le
bec plein, regagnait le nid où elle entrait tantôt la
tête en bas, tantôt en grimpant verticalement,
agile sur ses serres flexibles. Elle nous jetait de
son seuil un avertissement comminatoire, un vic-

torieux « turrruititittit » qui réclamait sans soute
notre applaudissement à ses prouesses de
mésange, son travail de mésange, ses acrobaties
de mésange... Alors, mon jardinier hochait la
tête, riait intérieurement comme au souvenir
d'une bonne histoire marseillaise et disait :

— Ah! ce Buffon... Non, mes amis, ce Buffon!... J'en rirai toute ma vie!...

Le reportage journalistique et le cinéma s'en
mêlant — sous la forme, pour ce dernier, d'un
scénario de film que m'acheta une compagnie
italienne —, j'eus la chance de passer à Rome
quatre mois, de décembre 1916 à mars 1917. Les
restrictions italiennes de la guerre m'ont, je
l'avoue, laissé des souvenirs sans amertume :
quinze grammes de sucre par jour, une noisette
de beurre, le pain mesuré en tranches minces,
que sais-je?... Un fumant hiver moite noyait
Rome et je me délectais de tant de douceur, de
tant d'humidité suspendue, d'une température
tantôt de Nice ensoleillée, tantôt un peu suffo-
cante et vaporisée, comme l'air bleu qui règne à
ras de terre autour des sources thermales.

Une firme cinématographique italienne acquit
la licence d'adapter à l'écran le plus connu de
mes romans et engagea la *vamp* française en vue,
j'ai nommé Musidora. Elle apporta à Rome sa
courageuse humeur, ses beaux yeux, ses longues
jambes parfaites, sa frappante beauté noire et
blanche, prédestinée au cinéma, que les metteurs
en scène d'Italie trouvèrent *troppo italiana*. Une
biondinetta minaudière leur eût plu davantage.
Comme brune fatale, en ce temps-là, Francesca
Bertini leur suffisait.

Je remonte là à une époque héroïque du
cinéma, où les vedettes en chair et en os plon-

geaient, se jetaient à bas d'une auto rapide, voya-
geaient sur les essieux d'un train et montaient
des chevaux effrénés.

En Italie, les merveilles architecturales ne
manquant pas, on envoyait une jeune femme de
l'extraction la plus modeste ravauder le linge de
sa petite famille sur des terrasses et des balcons
qui avaient vu passer pour le moins César Bor-
gia. Dans un salon, le nombre des fauteuils, voire
des pianos, marquait le faste, suppléant à la qualité.

Comme je ne parlais pas la langue du pays, je
visitais mal la Ville éternelle, et plus mal ses
musées d'où je sortais écrasée et timide, rouée de
chefs-d'œuvre. Je me nourrissais à des restau-
rants assez modestes, et celui de la Basilica Ulpia
eut toujours de quoi me contenter, dès qu'il eut à
me fournir, outre l'assiettée de pâtes, un monceau quotidien de petits artichauts nouveaux,
saisis dans l'huile bouillante et raides comme des
roses frites.

Le film tournait doucement. Des automobiles
de louage emmenaient au loin les principaux
interprètes. Musidora, tout en volants roman-
tiques de tulle rose, coiffée d'un grand chapeau
de paille noué de velours noir, courait sur les
prés, je n'ai jamais su pourquoi. Je crois que c'est
parce que le metteur en scène était poète. Il me le
prouva quelques jours plus tard.

Pour la réalisation d'une petite fête d'artistes,
entre peintres et modèles, il voulut l'autorisation
de tourner dans un jardin princier, veuf de ses
maîtres et rigoureusement fermé aux visiteurs.
J'y entrai avec lui, un jour d'avril, en dépit d'un
gardien hostile tout en vieux buis, qui tenait la
porte mi-ouverte et parlementait. Mais déjà

s'élançait à notre rencontre un paradis impérieux et compassé, et tel qu'à lui seul il eût dû tenir notre curiosité en respect.

Une pareille œuvre, humaine et vernale, un emploi aussi réfléchi de la saison exubérante, je ne tente pas de les décrire. Je reçus sur mes paupières la chaleur d'un soleil mauve, parce que la transparence et l'épaisseur ensemble d'un rideau de glycines changeait la couleur du jour sans mettre obstacle à la vive lumière. Les longues grappes, innombrables, sur une armature verticale et cachée, ruisselaient jusqu'au sol. Un autre effet d'onde et de pluie dépendait des saules pleureurs à grêles chevelures neuves et parallèles. Plus mobiles que les glycines, ils dévoilaient, revoilaient d'autres architectures végétales, des pans de ciel intercalaires, des pelouses bleues et violettes, un brasier de cognassiers du Japon, une île de lilas très pâles délayés sur un ciel comme eux presque incolore, un nuage de cerisiers doubles parfaits en blancheur, et des paulownias et des arbres de Judée, irréels dans le lointain comme tout ce qui est mauve...

En suivant des allées d'un sable farineux qui ne criait pas sous le pied, je remarquai qu'elles ne portaient aucune empreinte de pas. Un bâtisseur d'édens avait autrefois distribué masses et couleurs. Le surprenant était que tout lui obéît aujourd'hui. Un maître, dès longtemps défunt, persistait à régir le jardin et ses eaux vives, ici moulées en serpents dans des plis de pierre au long des sentes, là suspendues en draperies à contre-jour pour qu'au travers on entrevît un pan de paysage tremblant, une féerie secouée de sanglots.

Les parures d'une mode tricentenaire étaient

encore debout. Une canne d'eau, cristal tors, fusait hors de la bouche d'un satyre. Le charmant séant d'une nymphe reposait au centre d'une roue d'eau. Un coquillage devenait source, un dauphin palme d'eau bifide...

Peut-être d'autres jardins d'Italie ont-ils autant de charme médité, d'allées où seul marche l'oiseau, de fontaines où nulle bouche ne boit. Je n'ai vu que celui-là et n'ai pu ni l'oublier, ni m'éprendre de lui comme je fais d'un vallon, d'une ferme heureuse, d'une maisonnette de garde-barrière bardée de coloquintes, de roses trémières et de dahlias... Il devait trop à une volonté humaine, sûre d'elle-même et disposant de la nature sans se tromper.

À mes côtés, le metteur en scène s'exaltait, exprimait combien un tel lieu semblait à souhait pour les ébats chorégraphiques. Il courut devant moi, gravit un perron effrité, sauta à pieds joints sur le flanc d'une déité couchée, qui, du haut d'une terrasse tiède, longue, vide, regardait Rome :

— Et là... là, s'écria-t-il inspiré, le défilé du cake-walk !

Quand nous avions des oranges... Les nommer, depuis qu'elles nous manquent, c'est assez pour susciter, sur nos muqueuses sevrées, la claire salive qui salue le citron frais coupé, l'oseille crue, la mordante pimprenelle. Mais notre besoin d'oranges dépasse la convoitise. Nous voudrions en outre *voir* des oranges. Nous pensons à ce reflet, cette lumière de rampe qui montait des poussettes chargées aux visages penchés dans la rue. Nous voudrions acheter un kilo, deux, dix kilos d'oranges. Nous voudrions soupeser, emporter ces branches coupées, porteuses de

feuillages vernissés et de mandarines, qui jalonnaient les étals du cours Saleya à Nice, tout le
long du marché aux fleurs. Nous avons une terrible envie de ces paniers ronds qui parfumaient
notre chambre d'hôtel et que nous envoyions à
nos amis parisiens (la marchande ajoutait, sous
le couvercle, un bouquet de violettes et le brin de
mimosa...). Ces petits souvenirs-là, comme ils
sont acides, irritants... Leur vivacité d'évocation
nous fait un peu lâches. Il y avait aussi ces
minuscules mandarines du pays, renflées sur
leur équateur et qui, sous l'ongle, répandaient
par leurs pores une huile essentielle abondante...
Il y avait cette excellente friandise italienne qui
consiste en quelques grains de raisin muscat
confits dans du vin liquoreux, ridés au soleil,
momifiés et capiteux, roulés dans des feuilles de
vigne. Il y avait ces fruits glacés de sucre, impré-
gnés de sucre, qui n'étaient plus que sucre, transparence vitreuse comme celle des pierres semi-
dures, abricots-topazes, melons-jades, amandes-
calcédoines, cerises-rubis, figues-améthystes...
Un jour à Cannes j'ai vu une barque de sucre
coloré, débordante d'une cargaison de fruits
confits. Deux passagers y eussent tenu à l'aise.
Quelle gourmande, quel enfant gâté avait embar-
qué son rêve à bord d'un pareil esquif ? J'entrai...
« C'est vendu, madame. — Et vendu combien ? —
Cinq mille francs. » Cinq mille francs d'avant-
guerre, cinq mille francs de 1931...

On me reprochera d'aborder, non sans
sadisme, un sujet pénible ?... Je proteste que
nous sommes entraînés, depuis un bout de
temps, à regarder en face et fermement les biens
dont la guerre nous prive. C'est d'une bonne
gymnastique mentale. D'ailleurs, tel qui ne

bronche pas devant une plaque de chocolat fai-
blit à l'idée d'une fraîche orange parée encore
d'une petite feuille à sa queue. J'avoue que je suis
de ces derniers. Une orange... mais pas n'importe
quelle orange. L'éducation des Occidentaux est
encore à faire. Les entendiez-vous demander, au
restaurant : « Vous me donnerez une orange »,
comme s'il n'y avait au monde qu'une espèce,
qu'un cru, qu'un arbre, qu'une multitude indis-
tincte d'oranges...

J'écris ces lignes au mois de février. C'est le
moment où dans les années paisibles nous
savourions les tunisiennes, élite des orangeraies.
Ovale, un peu vultueuse autour du point de suspension, la tunisienne emplit la bouche d'un suc
sans fadeur, d'une acidité adoucie, largement
sucrée. Intacte, son écorce exhale un parfum qui
rappelle celui de la fleur d'oranger. De décembre
à février, c'est la brève saison de nous gorger de
tunisiennes. Comme font les crus très typés qui
de bouteille à bouteille marquent une différence,
une tunisienne n'est pas tout à fait identique en
saveur à une autre tunisienne, et la nuance
encourage à ouvrir encore une orange, et encore
une, encore une qui sera peut-être la meilleure
de toutes...

Après la tunisienne, j'avais la philippeville, qui
ne l'égale pas mais la remplace, mouille bien la
bouche, se sucre agréablement si l'année a été
soleilleuse. Puis venait la palermitane, en même
temps que les grandes envies de boire
qu'amènent mars et avril. Le soleil montant de
concert avec le thermomètre, il me fallait plus
tard recourir aux oranges du Brésil et aux espa-
gnoles. Mais l'Espagne garde pour elle ses meilleurs fruits et nous accusons, à tort, toutes les

oranges d'Espagne de nous laisser une arrière-saveur d'oignon cru.

Pour finir, la folle consommation d'orangeades amenait à Paris et sur les plages une petite orange qui mûrit tardivement sur de froids plateaux ibériques. Elle était la très bienvenue, à l'heure où nous quittaient les cerises, et les fraises qui passent comme un songe.

Dans le Midi nous achetions à pleins couffins la laide orange d'été, pour presser sa chair petite et pâle, corser son jus en le mêlant à celui du citron frais cueilli. Car si le citron provençal est digne d'humecter le poisson et le coquillage, l'orange locale n'est guère que l'ornement des enclos fleuris, la jaune lune des jardins, l'appoint d'une confiture de ménage. Ne lui faites pas plus loin crédit. Honorez plutôt la figue seconde, qui des plus belles heures de l'été fait son miel, s'enfle de rosée nocturne, et verte ou violette pleure, par son œil, un seul pleur de gomme délicieuse, pour vous marquer l'instant de sa perfection. Mangez-la sous l'arbre, et si vous tenez à ma considération, ne la mettez jamais au frais, ni — horreur et sacrilège! — dans la glace pilée, tout-aller, pis-aller inventé par les rudes palais américains, qui paralyse toute saveur, ankylose le melon, anesthésie la fraise et change une rouelle d'ananas en fibre plus textile que comestible.

Tiède le fruit, froide l'eau dans le verre : ainsi l'eau et le fruit semblent meilleurs. Que penser d'un fruit qui s'éloigne, comme se refroidit une planète, de la chaleur qui l'a formé? Un abricot cueilli et mangé au soleil est sublime. L'heure passée dans une orangeraie marocaine est aussi vive à ma mémoire et à ma gratitude que si j'avais encore, sous les ongles, la ligne jaune qu'y laisse un gaspillage d'oranges très mûres. Foncées, assez petites, une joue parfois frottée de rouge vif, à dix heures du matin en avril elles étaient déjà tièdes, quand la longue herbe printanière, à nos pieds, nous rafraîchissait encore les chevilles. Un de nous s'arrêtait-il comme par discrétion, le serviteur marocain étendait son bras vers l'horizon et riait, pour nous faire comprendre que plus loin, et jusqu'à perte de vue, d'autres tangérines nous attendaient, innombrables...

Marrakech nous donna davantage encore. Des eaux pures, des roses, des rossignols qui à un certain signe nocturne éclataient tous à la fois, des aurores précipitées qui envahissaient le ciel comme un incendie — et des oranges dans les orangers du pacha Si Hadj Thami el Glaoui. Opulentes orangeraies d'un maître tout ensemble avisé et fastueux, secret alignement de ce qui paraît, au premier abord, désordonné et provocateur, quels soins produisaient, protégeaient de telles récoltes! Leur parfum, tombant de haut, traînait à ras de terre et nous barrait presque le passage. Des pétales de cire ne cessaient de pleuvoir, entraînant dans leur chute les abeille ivres; elles touchaient avec eux le sol, se relevaient poudreuses et regagnaient les fleurs suspendues parmi les fruits. À son tour une orange tombait, longue, lourde orange en forme d'œuf, qui s'ouvrait en touchant le sol et saignait de sa chute un sang rosé... Non loin, les murs roses de la ville, sur un ciel que pâlissait déjà la chaleur, limitaient ce paradis — paradis d'ailleurs bien gardé; si je tendais la main vers ses pommes d'or, le bras de l'ange marocain, noueux et noir, per-

çait les feuillages, brandissait un bâton... Mais
sur un mot de notre guide, le bras de bronze, un
moment résorbé, reparaissait, offrant sur sa
paume sombre une juteuse orange.

Une ville chaude greffe en nous des souvenirs
d'autrefois, d'autant plus chers que l'eau en
abondance l'enrichit, y mire le ciel, tient verts les
arbres, gonfle les fruits, joue avec les sables.
L'Aguedal à Marrakech est un vaste et frémissant
miroir margé de verdure; aucun des reflets que
j'y ai vus trembler ne se fane. Comme un clou
d'argent, mainte autre fontaine fixe l'aspect d'un
des jardins que j'aimai. Combien d'années
m'arrêtai-je, une fois par an, à Aix-en-Provence,
sur le trajet de Paris à Saint-Tropez, parce qu'une
eau millénaire coule dru d'une fontaine? Je tendais à l'eau antique mon gobelet, imitant les fer-
vents de la source, la vieille dame et sa carafe, le
garçon et son broc, la petite fille brune et sa
cruche ombiliquée. L'eau d'Aix, fraîche et douce,
se laisse boire en abondance. La fontaine
romaine est un chaînon de mes convoitises :
chaque fois que j'ai vu l'eau sur un étroit espace
sourdre, bouillonner et bondir, j'ai voulu
l'emporter et la planter dans mon jardin, s'agît-il
de la vieille fontaine de Salon, mammouth barbu
d'herbe dont chaque poil canalise sa goutte
d'eau. Un jardin sans source ne murmure pas
assez, et mes regrets ne se détachent pas encore
des eaux vives de mon enfance, surgies à petit
flot de ma terre natale, perdues sitôt que nées,
connues du pâtre, des chemineaux, des chiens
chasseurs, du renard et de l'oiseau. Une était
dans un bois, et l'automne la couvrait de feuilles
mortes; une dans un pré, sous l'herbe, et si parfaitement ronde qu'une couronne de narcisses

blancs, aussi ronde qu'elle-même, décelait seule
sa place au printemps. Une coulait en musique
d'une berge de route ; une était un joyau un peu
bleu, tremblant dans une cuve de pierres gros-
sièrement assemblées, et des crevettes d'eau
douce nageaient dans son ciel renversé. On
m'assure que celle-ci est toujours aussi pure,
mais qu'elle sautelle, avec un vain effort de cristal, entre quatre parois de ciment, cadeau de la
prévoyance humaine, et je n'ai de goût que pour
les sources sauvages, gardées par l'œil ouvert des
myosotis et des cardamines, par la grande salamandre tachée comme un cheval pie.

Je voulais une source dans mon jardin — je la
veux encore, bien que je n'aie plus de jardin, et
celui du Palais-Royal n'a pas d'eau, depuis le
commencement de la guerre. Jean Giono m'en a
promis une, tout dernièrement. Et comme j'ai
reçu sa promesse autour d'une table qui fêtait,
bien servie, mon soixante-dixième anniversaire,
une légère griserie a tracé l'image d'une source
qui scintillait, pailletée, au fond de mon verre, et
d'un Jean Giono, aussi blond que le vin, verseur
de sources que je pusse partout emporter avec
moi. « La plus jolie de mes sources, je vous la
donne », dit-il généreusement. Nous verrons
bien. Pourquoi renoncerais-je à ce que je souhai-
tai toujours ? La source de Jean Giono est peut-
être, de toutes, la plus réelle. Si ces lignes
atteignent l'homme qui épanouit ses domaines
sur des flancs de montagnes, des moutons et des
cascades, il saura qu'en esprit je possède ce qu'il
m'a donné. Sa source a rejoint mes trésors
divers. Certains sont tangibles, comme les
presse-papiers en verre dans le sein desquels se
tord une frénésie figée de berlingots, de fleurs et

de bactéries; comme les grains d'avoine qui ont
des barbes de crevettes et qui tâtonnant l'air pré-
disent, tournées de-ci, tournées de-là, le beau ou
le mauvais temps; — comme un joyau de verre
poli par la mer, dont la couleur égale l'aiguemarine. « Vous savez ce que c'est? m'a dit un
méchant ami. C'est le tesson, longuement vanné
par la vague, d'un cul de bouteille à soda-water. »
Il ne faut jamais montrer aux sceptiques les trésors rejetés par la mer.

Mais je n'ai pas que des biens mobiliers. Je
possède en propre à peu près tout ce que j'ai
perdu — et même mes morts très chers. En quoi
je ressemble à un petit cheval truité que je
conduisais, un été d'autrefois. Il rencontra, sur
une route de Picardie, une herse qui se reposait
pendant la sieste du cultivateur. Le petit cheval
truité, qui était parisien, perdit si totalement son
sang-froid, tournant sur place, reculant, serrant
sa tête entre ses jambes de devant, ployant le rein
comme une sirène, que rien ne put le convaincre
ni le rassurer et nous ne rentrâmes que moyennant un long détour. Et puis nous oubliâmes la
herse, lui et moi, jusqu'au jour où, sur la même
route et au même endroit, le petit cheval truité
devint soudain de marbre — un peu plus, je pas-
sais par-dessus le bordage du tonneau.

— Qu'est-ce qu'il y a? lui demandai-je.
— Là..., dit le petit cheval tremblant. Là!...
— Quoi, là? Une couleuvre?
— Non... Le monstre... Le même...

Sur la route vide, il voyait si bien le fantôme de
la herse, qu'en un moment il se mouilla de sueur.
Ses naseaux musculeux claquaient et il ne pouvait détacher de la herse absente le regard de ses
grands yeux d'un bleu d'encre où la herse avait
gravé son image d'épouvantail triangulaire.

Frayeur à part, j'ai été souvent ce petit cheval visionnaire. La vie a bien du mal à me déposséder. Je n'aurai jamais fini de recenser ce que le hasard, une fois, a fait mien. J'en suis encore, quand le plus ancien de mes amis, Léon Barthou, a préféré le repos inintelligible des morts à la tranquille compagnie de ses livres, de ses meubles aimés, de sa chatte, j'en suis encore à contempler, par-delà sa brune figure béarnaise, l'horizon céleste, la petite terre plate qu'on découvre du haut d'un ballon libre, et j'inventorie les instruments jetés comme pêle-mêle dans ce gros panier de pique-nique qu'est une nacelle d'aérostat...

— Comment appelles-tu, Léon, ce machin qui pendait à ta portée, sous ton sphérique, ce truc qui avait l'air d'un gros ver de terre, et que tu pinçais de temps à autre?

Je questionne toujours, rien n'est changé, sauf qu'il ne me répond plus. Je survole encore avec lui Versailles à une faible hauteur, les mosaïques du parc et ses miroirs; une saute de vent nous ramène sur Paris, et l'ombre des mailles du filet tourne sous le ventre du sphérique... Que de jardins enfermés dans la Ville... Le bruit de perles du lest jeté dans la Seine monte jusqu'à nous, et notre bond soudain et insensible nous dérobe les jardins prisonniers qui contiennent, tous, un peu de sombre verdure, un disque qui est une table, un autre disque plus petit qui est un chapeau d'enfant...

— Dans quelle rue m'as-tu montré, Léon, ce jardin si soigné, si fleuri, qui de là-haut ressemblait à un coussin en tapisserie?

Il ne répondra plus. D'ailleurs tant de rues, tant de quartiers, tant de jardins sont abolis, ou

méconnaissables... Je change de spectacles-
souvenirs, j'herborise au hasard. Ce n'est pas toujours en vain. À force de me pencher sur une
image de ma mémoire, il m'arrive de reconsti-
tuer une fleur qui m'intriguait autrefois. Ainsi
nous rappelons de l'abîme le mot en voie de
s'engloutir et que nous saisissons par une syllabe, par son initiale, que nous hissons vers la
lumière, tout mouillé d'obscurité mortelle... J'ai
cherché ce calice tubulaire, sa corolle dentelée,
sa couleur de cerise, son nom... Je le tiens. Je ne
le lâcherai plus, sauf pour tout de bon, sur ma
fin. Il s'appelle bizarrement pentstémon. Revenu
à moi et comme apprivoisé, le pentstémon joue
sa partie très agréablement dans une orchestra-
tion violette, rouge et mauve que réussit au
mieux le jardinier de la Ville : des glaïeuls rouges
et roses, des dahlias roses et rouges, les dernières
roses, les althéas roses et violacés, des géraniums
de feu, le laineux agératum qui hésite entre le
bleu et le lilas, et le pentstémon : en voilà pour
juqu'à novembre, si l'automne est doux.

Combien de jardins prisonniers dans Paris
m'ont livré leurs secrets ? Je ne volerais pas une
fleur, j'ai rarement dérobé un fruit ; mais j'ai
pour les jardins clos un amour indiscret. Il n'y a
pas si longtemps que des démolisseurs m'expul-
sèrent d'un profond immeuble dont une façade
s'ouvrait faubourg Saint-Honoré. Passé la
seconde cour, par la brèche d'un mur j'avais
aperçu un vieux jardin, trois marches de perron,
un peu d'herbe et des troènes dont les fleurs
maigres s'étiraient vers la lumière.

Quelle surprise comparerai-je à la découverte
que je fis, dans le XVIe arrondissement, d'un
péristyle Directoire, à l'entour duquel couraient

des pommiers en cordons ? Portaient-ils des fruits ? C'était déjà inespéré qu'ils déposassent, comme une aile perdue, un pétale sur le pavé de Paris... Au bout de la rue Jean-Bologne, à gauche, je possédai, à force de les visiter, une façade de maison provinciale, orientée au sud, un reste de terrasse dallée et des planches de légumes... Rue des Perchamps, trois mille mètres de jardin inculte, de noisetiers, d'églantiers, de tilleuls, furent longtemps mon lot, grâce à leur propriétaire avec qui je nouai une amitié de quelques années. Les jours pairs, elle voulait vendre ses terrains. Les jours impairs, elle se reprenait, disait d'un air fin : « Vendre mes terrains d'Auteuil ? Pas si bête ! » Cela dura des années. Un jour pair, elle signa un sous-seing privé et je perdis le parc où j'allais cueillir des avelines à peau rouge et des roses dégénérées.

Jacques-Émile Blanche me prêtait volontiers le sien sans que j'en fisse usage, parce que je craignais de l'abîmer. C'est maintenant que je m'y promène en pensée, depuis que ses maîtres n'existent plus, ni le caniche café au lait qui, sensible, épris de distinction, se couvrait le front de cendres, voulait mourir, entrer dans les ordres, si J.-E. Blanche lui disait à mi-voix, sur le ton du blâme : « Dieu, Puck, que tu as l'air commun... »

Le jardin de J.-E. Blanche, tourné vers le nord comme l'atelier du peintre, possédait quelques-uns de ces beaux arbres disséminés sur Passy et Auteuil, dont on s'accordait à dire qu'ils avaient connu la princesse de Lamballe. Dans leur ombre serpentait, pour mon admiration, une rivière figurée en myosotis particulièrement bleus, touffus, égaux, qu'enserraient deux rives de silènes roses. Le ruisseau bleu guidait les visiteurs vers l'atelier où je posai pour trois portraits successifs. Jacques-Émile Blanche détruisit les deux premiers ; le troisième est au musée de Barcelone.

Pendant les séances de pose, la froide lumière d'une grande verrière et l'immobilité m'accablaient de sommeil, et pour me tenir éveillée je regardais au-dessus de ma tête deux toiles également ambiguës : la délicieuse petite Manfred en travesti de Chérubin, et Marcel Proust âgé d'environ dix-huit ans, la bouche étroite, les yeux très grands, paré d'une absence d'expression toute orientale. Il est sans exemple que J.-E. Blanche ait peint autrement que J.-E. Blanche. Seul le portrait de Marcel Proust diffère du reste de son œuvre, par un faire extraordinairement lisse, une affectation de symétrie, l'exaltation d'une beauté qui fut réelle et dura peu. La maladie, le travail et le talent repétrirent ce visage sans pli, ces douces joues pâles et persanes, bouleversèrent les cheveux qui étaient non point soyeux et fins, mais gros, d'une vitalité à faire peur, drus comme la barbe noire et bleue qui, à peine rasée, perçait la peau... Ceux qui ont passé des soirées avec Marcel Proust se souviennent qu'ils voyaient sa barbe noircir entre dix heures du soir et trois heures du matin, cependant que changeait, sous l'influence de la fatigue et de l'alcool, le caractère même de sa physionomie.

Je me rappelle un dîner au Ritz, commencé fort tard, prolongé en souper et en causerie. Marcel Proust était encore à cette époque, dans ses meilleurs jours, un homme presque jeune et charmant, tout empreint d'une prévenance excessive, d'une obligeance suppliante, peinte dans son regard. Mais vers quatre heures du

matin j'avais devant moi une sorte de garçon
d'honneur pris d'alcool, la cravate blanche désordonnée, le menton et les joues charbonnés de
poil renaissant, un gros pinceau de cheveux noirs
éployé en éventail entre les sourcils... « Oh! ce
n'est pas lui... », murmura une invitée. Tout au
contraire j'attendais que parût, ravagé mais puissant, le pêcheur qui de son poids de génie faisait
chanceler le frêle jeune homme en frac...

Ce moment ne vint pas. La nuit se faisait
aurore et ne pâlissait qu'à la faveur du plus
séduisant bavardage. Personne ne se garde
mieux qu'un être qui semble s'abandonner à
tous. Derrière sa première ligne de défense enta-
mée par l'eau-de-vie, Marcel Proust, gagnant des
postes plus obscurs et plus difficiles à forcer,
nous épiait.

Quand Francis Jammes, dans une préface qui
fit beaucoup d'honneur au premier volume que
je signai, m'attribua comme livre de chevet *La
Maison rustique des dames*, il anticipait. Je
m'occupais alors de cultures diverses, mais sans
le guide autorisé que nomme le poète et conduite
seulement par l'esprit fantaisiste et borné de la
jeunesse. C'est à présent que Francis Jammes est
le plus près de la vérité. Auprès de ma *Grande
Pomologie*, des *Trochilidés* de Lesson, des *Roses*
signées Redouté, de *L'Herbier de l'amateur* par
Lemaire, de volumes botaniques éclatants et
dépareillés, Mme Millet-Robinet et sa douce
science du ménage, de la greffe, de la cuisine et
de l'élevage sont à portée de ma main.

J'en reste, sans rougir, aux progrès agricoles et
ménagers du siècle dernier. Aux applications de
l'électricité et de la mécanique près, j'en ferais
mes dimanches, si j'étais encore propriétaire de

quelques arpents à la campagne. Il se trouve
qu'après diverses péripéties, mon avoir tient de
nouveau dans un tiroir et sur des rayons de
bibliothèque. D'élever des lapins en cave, des
poules au grenier, une génisse dans les souter-
rains du Palais-Royal, il n'est pas question. Dût
ma réputation s'en trouver ruinée, je n'ai jamais
nourri une seule bête que je dusse manger, fût-ce
un de ces pigeons qui mentent à leur renommée,
car l'oiseau de Vénus est à la vérité dur, batail-
leur, avec un cruel œil d'or rouge, et quant à la
légendaire fidélité de la pigeonne, il vaut mieux
que mon lecteur garde là-dessus ses illusions.

J'ai vu ma mère appeler, dans notre basse-
cour, des poules, et les poules piquer le pain et le
grain dans ses mains ; et les œufs rosés et tièdes
passer du nid à la table et les poussins grimper
sur nos genoux. Un cri d'angoisse marque dans
ma mémoire la fin du poulailler. « Mon Dieu,
tuer la petite poule rousse ! » gémit ma mère.
Après quoi la basse-cour se dépeuple, les chats
couchent dans les pondoirs en osier tressé, nous
ne mangeons plus que des poulets inconnus, et
les deux bâtiments pour la volaille deviennent
des resserres où sommeillent, l'hiver, les bulbes
de dahlias, les oignons de jacinthes et de tulipes,
et les crocus... Cependant Sido ma mère se
désole de ne pouvoir être végétarienne. « Je ne
mange pas de lentilles parce qu'elles ressemblent
à des punaises, disait-elle. Je ne mange pas de
crosnes parce qu'ils ont une vague figure de ver
de hanneton, je n'aime pas les fèves parce
qu'elles ont le goût du marécage. Les petits pois ?
Si je ne les cueille pas moi-même, on attend
qu'ils aient passé à l'état de chevrotines. Le chou
déshonore la maison pendant qu'il cuit... Il reste

le beurre, les œufs et les fruits. À ce propos
Mme Millet-Robinet dit... »

Je n'écoutais pas l'évangile selon Mme Millet-
Robinet. Mais depuis je lui ai fait amende honorable, quand ce ne serait que pour y apprendre, y
rapprendre des noms oubliés et le code d'une vie
rurale pure, nouvelle à force d'être délaissée, et
toute jeune tant nous avons, à nous séparer
d'elle, pris de l'âge.

Ce n'est pas seulement la bonhomie d'une
ancienne existence que nous avons perdue. Sa
diversité, qui nous manque, elle la tenait de
maints objets et de leur usage. Ni ceux-là ni
celui-ci ne se réclamaient de ce que nous avons
appris à nommer la sélection, mal qui nous vint
de l'Amérique avec ses deux pommes, la rouge et
la blanche, la rouge et son vigoureux cramoisi,
son insipidité saine de légume cru — la blanche
et son eau douce-acide, un peu plus personnelle.
Aussitôt le pomologiste de vouloir « sélection-
ner » ici, et de discuter calibre, transport et
conservation. Calville, reinettes du Canada, reinettes et Calville : nous n'en sortîmes plus, si l'on
n'excepte quelques wagons de pommes à cuire.
Quand nous reverrons les poires, Paris va-t-il se
résigner, de nouveau, à la duchesse et à la passe-
crassane, avec un bref intermède de beurré-
Hardy et quelques doyennés-des-comices pour
les fortunés de ce monde ? Le XIXe siècle profitait
mieux de nos richesses. Charmante fin du
XIXe siècle, quelle grâce tu mis à savourer, gaspil-
ler, comparer... J'ai retrouvé ta trace, ton goût
châtelain de la campagne, ta vivacité à sortir de
l'anonymat, ta signature enfin, tout au travers
d'un domaine modeste, qui fut mien cinq ou six
années après avoir appartenu longtemps à un

vieux monsieur. Les dix hectares, négligés depuis
sa mort, témoignaient encore d'une coquetterie
de propriétaire, d'un savoir-planter bien propres
à me plaire. Si je me laisse aller à les évoquer, je
vais tomber dans le gémissement et mener le
deuil de douze cents arbres fruitiers, âgés déjà
quand je les eus, variés par un choix capricieux
non moins que par la judicieuse connaissance.
Dressez-vous, ombres de mes poiriers ! Qui
connaît, qui chante, qui plante la poire de messire-Jean ? Qui sait qu'en robe d'un gris roux,
sous une forme voisine de la sphère, elle cache
une chair cassante et mouillée, une saveur relevée par la plaisante âpreté typique ? Mme Millet-
Robinet place au rang qu'elles méritent les messire-Jean couleur de muraille, et moi aussi, mais
qui leur rendra la faveur des foules ?

Au fin bout des branches dénudées, le vent
rude de la Franche-Comté berçait mes poires
grises à queues minces. Sous les messire-Jean de
plein vent, peu feuillus et écailleux, mûrissaient
dès juillet d'autres poires précoces, tournant vite
au farineux si l'on ne les récoltait à temps, et que
les guêpes vidaient astucieusement. Elles les per-
çaient d'un seul petit trou, puis besognaient à
l'intérieur et la poire gardait sa forme. Combien
de fois ai-je écrasé dans ma main la jaune mont-
golfière gonflée de guêpes ? La cuisse-madame, je
vois encore sa forme aussi suave que son nom, et
je n'oublie pas les pommes choisies parmi les
espèces que Mme Millet-Robinet nomme
« dociles au cordon »... Avec le doux-d'argent, le
court-pendu, la belle-fleur, j'étais munie de
pommes pour toutes les saisons, comme de
prunes, quoique les arbres de reines-claudes, les
« monsieur jaune » et les « damas violet » fussent

affaiblis et pleurassent la gomme. Filles innombrables de la Comté, une joue criblée de son, l'autre verte comme l'ambre, les mirabelles amies du Doubs pleuvaient sur les oreilles des chattes, et le chien gobait les meilleures.

Il y avait de si rouges, de si royales récoltes de cerises en juillet, qu'elles séchaient sur l'herbe, ridées et comestibles. « Les merles n'en veulent même pas ! assurait mon voisin. Nous en faisons un petit kirsch de ménage... » C'était dit sur le ton d'autrefois, un ton de béatitude un peu dédaigneuse qui raillait l'abondance et la facilité. Que de richesses en nos mains si aisément emplies... Que de biens gratuits, constants à nous dédommager des années pauvres... Les alisiers et les cormiers dans les bois, les courgelliers penchés sur le mur des basses-cours pour que les poules picorassent les courgelles — ou cornouilles — qui tachent la terre d'écarlate ; les cognassiers ravalés au rôle de haies vives, côte à côte avec la prune à cochons, la pomme de croc, la groseille sauvage épineuse, les mûres, la petite pêche cotonneuse — tous fruits et baies sans possesseurs, tombés de la main de Dieu dans celle du passant... Ramassés, ils s'en allaient pêle-mêle dans le tonneau où l'eau-de-vie de marc élaborait sa force sournoise et sa saveur noyautée.

Je ne prétendis pas, sur les dix hectares commis à ma garde, régénérer les arbres fruitiers en leur ôtant la tête et en les greffant audacieusement, bien que l'art de greffer grise de son mystère l'amateur de jardins. Le greffon taillé en biseau, reposé, attendri dans une obscurité humide, puis glissé dans la fente du sujet sauvage ou trop vieux, puis pansé au mastic, son moignon ligoté de linge et de raphia, puis adopté

par l'arbre qu'il régénère — je peux assurer à
ceux qui l'ignorent qu'un grand battement
orgueilleux du cœur salue le moment où le dormant bourgeon du greffon, qui sommeillait sur
la tige étrangère, s'éveille, verdit, affirme son
paradoxe, impose à l'églantier sa rose, au prunier
sa pêche ou son brugnon.

L'homme qui venait greffer gardait toujours
sur lui son couteau à greffer, qui comportait une
douce et courte petite lame d'ivoire en forme
d'amande, accoutumée à décoller les écorces
sans blesser les aubiers, à ménager les « yeux ».
Pour des greffes particulièrement délicates, il
suçait cette lame fréquemment, accordait à la
salive humaine un pouvoir roboratif, et disait :
« Ce n'est pas le tout que d'avoir une bonne main,
quand on greffe, il faut penser... » Tant est que la
prière, sous ses formes conjuratoires, se glisse
partout...

Le bouturage est moins émouvant que le gref-
fage et ne comporte pas de magie. N'empêche
que je ne me blasai jamais, dans mes jardins, sur
le moment où la bouture qui a perdu connaissance et semble succomber à son sectionnement
brutal, décide de vivre, rouvre ses verts canaux à
l'ascension de la sève, et se redresse par imper-
ceptibles saccades...

J'ai planté, entre un lever et un coucher de
soleil, en Provence, sept cents boutures de géra-
nium-lierre rose. Je n'y étais aidée que par ma
jardinière. C'est une besogne qu'on peut
accomplir assise, bien installée en pleine terre
meuble et le plantoir dans la dextre, en progres-
sant à la manière des culs-de-jatte. Le résultat
était beau, l'an d'après. Mais il y a moins de plaisir à foncer une vaste tapisserie uniforme qu'à

varier une broderie multicolore. Si je donne plus
de souvenir aux caïeux, aux bulbes, aux griffes et
aux marcottes de la Comté, c'est que je fus
témoin de leurs efforts et de leur bonne volonté,
car j'affrontai, sur ce coteau comtois, aussi bien
Pâques venteuses que novembre au tranchant de
glace. Parlez-moi, pour vous attacher à une
région, non pas tant de la belle saison que de la
mauvaise ! Un dicton paysan dit : « Il n'y a pas de
guérison pour un mal que les quatre saisons n'y
aient passé. » Peut-être m'a-t-il manqué, pour me
nouer solidement au beau Midi français, ses
troubles demi-saisons, l'automne, ses fouets de
pluie qui ravinent les coteaux et emmènent en
bas la terre arable, son printemps précoce qui
soudain change d'humeur, gèle les maisons aux
murs minces, rabat les fumées, charrie dans ses
bourrasques des pétales d'amandiers, des grêlons
et des boules de mimosas.

Un dur climat sans surprises veilla sur mon
lopin comtois. Acquise à son bon accueil comme
à sa sévérité, je ne défigurai pas les poiriers-
quenouilles, je n'élaguai que tout juste les
essences centenaires — il y avait d'étonnants aca-
cias creux comme des cheminées, d'où pleuvait
par temps sec une mouture de bois consumé,
pareille au marc de café —, les mélodieux
mélèzes, les noirs sapins, les tilleuls argentés que
l'été environnait de parfum et d'abeilles. L'arau-
caria continua à gesticuler de tous ses bras de
singe. Pourquoi eussé-je lésé, moi passante, un
décor un peu trop accidenté, trop taquiné, mais
bien établi dans son dessin de voies, bosquets,
arches de rocs et points de vue ? Un homme qui
tourmente ingénieusement, patiemment sa par-
celle, en même temps qu'il y applique un esprit

de producteur large et laborieux, lui constitue ce que nous appelons plus tard un style. Le style, c'est presque toujours le mauvais goût de nos devanciers, à dater du jour où il nous devient agréable. D'ailleurs, à moins de l'anéantir, le style d'un paysage restreint ne se laisse pas bousculer comme un simple ameublement de villa. Que dis-je? C'est l'enclos, c'est le paysage aménagé par le vieux monsieur né avant 1830 qui prit le pas dans la maison et j'y pénétrai, si j'ose écrire, sur ses talons. Il apportait une table ovale à allonges en poirier noir, sur laquelle je mangeai, j'écrivis, autour de laquelle vinrent se grouper des meubles qui n'étaient ni anciens ni rares; mais je fus contente d'eux. Je n'ai rien trouvé de plus à en dire, sinon que l'exceptionnel — la trouvaille, comme on dit — fait souvent gros bruit et remue-ménage dans un paisible intérieur qu'elle effare. Non, je ne décrirai pas plus avant ce qui fut tranquille, un peu terne, un peu lourd, bon pour le coin de la cheminée en hiver, et l'été au bord d'un joli perron ventru. Comprenez seulement que menée les yeux bandés dans la maison, une personne de ma sorte eût dû prédire qu'autour de la demeure s'arrondissait un jardin tel que la première place — à tout seigneur tout honneur — y revînt à l'arbre à perruque, ce miracle bourgeois, toile d'araignée pour la rosée nocturne, piège à joyaux de pluie et d'arc-en-ciel, — l'arbre pomponné de nuages vaguement roses, le *rhus cotinus* enfin, vous savez bien? Non, vous ne savez plus.

Rhus cotinus, perruque d'ange, votre présence inéluctable nous garantissait celle du groseillier d'ornement à grappes jaunes, et du cassissier stérile à fleurs roses. Lorsque, dans un jardin

d'amateur, *rhus cotinus* et groseilliers infruc-
tueux prenaient le premier rang, qui eût évincé,
derrière eux, le baguenaudier tout tintinnabulant
de cosses vésiculeuses, et l'althéa violacé? Quel
novateur se fût mêlé de barrer le passage à la fri-
tillaire, dite couronne impériale, à ses lourds
capitules orangés, à son odeur de mauvaise compagnie? Elle-même tirait à soi un peuple de
pyrèthres roses et blancs, de corylopsis et des
coquerets veinés comme des poumons, et une
abondance de fleurs pour bordures, blanches,
odorantes faiblement, qui, selon les déforma-
tions régionales, se nommaient thlaspi ou théras-
pic. Les thlaspis-bordures se trouvaient-ils défail-
lants, on les remplaçait par une plante qui
ressemblait trait pour trait à l'oreille pelucheuse
d'un âne blanc. Car il fallait au bord d'une plate-
bande, et tout autour d'un « massif », une bordure, une margelle, et au bord de la bordure une
autre bordure de petites tuiles arrondies, et quelquefois la tuile en forme d'écaille se faisait protéger par une surbordure d'arceaux de fer.

Tout cela me revient à mesure que j'écris, tout
cela qui fleurissait autrefois, ces rondeurs, ces
mollesses de dessin, ces afféteries et ces routines
d'une horticulture d'époque, — tout cela qu'a
banni une autre tradition étreinte par le ciment
et les dalles rejointoyées d'herbe, les cyprès de
bronze, les atriums, les pergolas et les patios...
Cependant un sans-façon légèrement irlandais
sème sous bois les daffodils, les safran-crocus et
les snowflakes, accrédite au jardin les labiées
sauvages et le bouillon-blanc...

Qu'eût dit, d'une incurie bien imitée, Mme Millet-Robinet? Elle l'a prévue, puisque, du haut de
sa *Maison rustique,* du seuil de sa décente flori-

culture, elle parle : « Tout doit, sur une terre bien
cultivée, porter le cachet de l'ordre. Toutes les
corbeilles doivent être bombées. » Sido disait
plus simplement : « Je n'aime les mauvaises
herbes que sur ma tombe. » En matière de jardi-
nage, mes deux oracles s'accordent donc à bannir la facilité, et je n'aurais qu'à les suivre,
Mme Millet-Robinet par déférence, Sido par
amour, si...

... Si j'avais un jardin. Or, il se trouve que n'ai
plus de jardin. Ce n'est pas terrible de n'avoir
plus de jardin. Ce qui serait grave, c'est que le
jardin futur, dont la réalité n'importe guère, fût
hors de mon atteinte. Il ne l'est pas. Un certain
craquètement de graines sèches dans leur sachet
de papier suffit à m'ensemencer l'air. La graine
des nigelles est noire, brillante comme un cent de
puces, et garde un long temps, si on l'échauffe,
un parfum d'abricot, qu'elle ne transmet pas à
sa fleur. Je sèmerai les nigelles quand dans le
jardin-de-demain auront pris, auront repris place
le songe, le projet et le souvenir, sous la forme de
ce que j'ai possédé et de ce que j'escompte.
Certes, les hépatiques y seront bleues, car je me
sens excédée de celles qui sont d'un rose vineux.
Bleues, et assez nombreuses pour border la corbeille (« toutes les corbeilles doivent être bombées... ») qui exhausse les diélytras en pende-
loques, les weigelias et les deutzias doubles. Je
n'aurai de pensées que celles qui ressemblent —
large face, barbe et moustaches — à Henri VIII ;
de saxifrages que si, par un beau soir d'été,
quand je leur offrirai poliment une allumette
enflammée, elles me répondent par leur inoffen-
sive explosion de gaz...

Une tonnelle ? Naturellement, j'aurai une tonnelle. Je n'en suis pas à une tonnelle près. Il faut bien un perchoir de treillage pour la cobée violette à langues de dragon, pour le polygonum, et pour le melon à rames... À rames ? Pourquoi pas la courge à moteur ? Parce que le melon que je dis se hisse, se rame sur tous tuteurs comme un simple pois, jalonne sa course grimpante de petits melons verts et blancs, sucrés et pleins de saveur. (Voyez les textes de Mme Millet-Robinet.)

Que si les amateurs de nouveautés horticoles bannissent toutes les vieilles amarantes queue-de-cheval, j'en recueillerai bien quelques-unes, quand ce ne serait que pour leur donner leur nom ancien : disciplines-de-religieuses. Elles feront bon ménage avec un autre plumeau, celui-ci argenté, le gynérium, brave type un peu bête qui passe l'hiver à droite et à gauche de la cheminée, dans des vases en forme de cornet. L'été, nous ferons fi du gynérium, et nous planterons dans les vases les suffocants lis blancs, plus impérieux que la fleur d'oranger, plus passionnés que la tubéreuse, les lis qui montent l'escalier à minuit et viennent nous chercher au plus profond de notre sommeil.

Si c'est un jardin de Bretagne — que j'aime mon idéal parterre empanaché de « si » aigus ! —, le daphné... Faut-il la nommer daphné, ou bois-gentil, cette fleur petite, dissimulée, immense par sa noble et fraîche senteur, qui perce et embaume l'hiver breton, dès janvier ? Un buisson de bois-gentil, sous l'averse qui vient d'ouest avec la marée, semble arrosé de parfums. Si, près d'un lac, je me plante, j'aurai, outre le faix d'arbrisseaux que traînait le vieux monsieur défunt, j'aurai des chimonanthes l'hiver, au lieu de daphnés. Le chimonanthe, fleur de décembre, a autant de couleur et d'éclat qu'un petit copeau de liège. Son mérite est unique, et le révèle. En un lieu limousin, où j'ignorais sa présence, par temps de neige je l'ai guetté, cherché, trouvé dans un air glacé où me guidait sa fragrance. Grisâtre, terne sur sa branche, mais doué d'un grand moyen de séduire, — quand je pense au chimonanthe, je pense au rossignol. J'aurai donc le chimonanthe... Ne l'ai-je pas déjà ?

J'aurai bien d'autres verveines en rosaces, aristoloches en pipes, gazon d'Espagne en houppes, croix-de-Jérusalem en croix, lupins en épis et belles-de-nuit insomnieuses, agrostides en nébuleuses et mignardises en vanille. Un bâton-de-saint-Jacques pour aider mes derniers pas de voyageuse; l'aster pour étoiler mes nuits. Une campanule, mille campanules, pour tinter à l'aube en même temps que le coq chantera; un dahlia godronné comme une fraise de Clouet, une digitale pour ganter le renard — c'est du moins à quoi prétend son nom populaire —, une julienne et non pas, comme vous pourriez penser, coupée en petits dés dans le potage, mais en bordure! La bordure, vous dis-je, la bordure! En bordure aussi les lobélias, dont le bleu n'a de rival ni dans le ciel ni dans la mer. En fait de chèvrefeuille, je choisis le plus frêle, qui pâlit d'être trop odoriférant. Il me faut enfin un magnolia de grande ponte, tout couvert de ses œufs blancs quand Pâques approche; une glycine qui, à force d'abandonner ses longues fleurs goutte à goutte, fait de la terrasse un lac mauve. Et des sabots-de-Vénus, de quoi chausser toute la maison. Ne m'offrez pas de lauriers-roses, je ne veux que des lauriers et des roses.

Mon choix ne fait pas qu'assemblées les fleurs que je nomme flattent l'œil. Et d'ailleurs j'en oublie. Mais rien ne presse. Je les mets en jauge, les unes dans ma mémoire, les autres dans mon imagination. Elles trouvent encore là, grâce à Dieu, l'humus, l'eau un peu amère, la chaleur et la gratitude qui peut-être les garderont de mourir.

Appendice

Noces

Ce texte figurait dans l'édition de 1944

Ma traîne blanche rejetée sur un bras, je descendis, seule, dans le jardin. La fatigue d'une journée commencée tôt, après une nuit sacrifiée à la songerie éveillée, descendait enfin sur moi.

Ç'avait été un petit mariage bien modeste que le mien. Un marchand de bois du pays, M. N..., sa femme et sa fille; les deux témoins du marié, Adolphe Houdard et Pierre Veber. Point de messe, une simple bénédiction l'après-midi à 4 heures. À 5 heures, Sido se reposait un moment, raidie dans sa robe de faille à pampilles de jais. Elle était rouge de teint, comme chaque fois qu'elle se sentait malheureuse et qu'elle essayait de le cacher. Mon père, dans son fauteuil, lisait la *Revue bleue*. Pierre Veber et Houdard, avec mon frère le plus jeune, s'en étaient allés faire un billard au profond d'un petit « débit » voisin, noir et frais.

Vit-on noce plus paisible? Pourtant l'étrange ne lui manquait pas. Premièrement tout photographe, fût-il amateur, s'en était vu bannir. La mariée échappait au satin duchesse, au diadème en fleurs de cire. Une mousseline tissée de petits bouquets, froncée en rond à l'encolure, froncée en rond autour de la taille, un large ruban blanc noué sur le front — « à la Vigée-Lebrun », disait ma mère —, ma longue tresse perdue dans les plis de ma longue jupe, je ne vois rien de plus à dire de moi, sinon que j'étais bien gentille, et pâlotte.

Pour restreint qu'il fût, le cortège abondait en barbes. Que de poil, en ce temps, sur les visages mâles! Mon père gardait sa barbe d'ancien zouave. Mon frère le jeune médecin, comme le charmant Pierre Veber — vingt-six ans, l'œil brun et or, la grâce des fils choyés —, comme Houdard et mon mari, portaient la barbe pointue, taillée aux ciseaux, et la moustache de mon mari, opulent rouleau blond aux pointes effilées, passait à juste titre pour extraordinaire; il l'avait contractée au Mans, au 31e d'artillerie.

Mal équilibrée sur mes souliers de confection en satin blanc, je m'assis bientôt sur une marche. De la maison m'arrivaient les voix de mon mari et de mon frère aîné. Ils avaient déposé qui sa jaquette, qui sa redingote. Au mépris de ce jour sacré, ils travaillaient, en manches et corps de chemise, à rédiger des fables express.

« La tienne est la meilleure, disait mon mari. La mienne, *"Mauri, tu ris, tes saluts tentent"*, fait moins public. Si nous pouvions en avoir deux autres demain, avant l'heure du train... Redis-la? »

J'entendis mon frère déclamer :

Une mine est béante, un champ qui la domine
Glisse, et soudain s'engouffre avec un long fracas.

MORALITÉ

Garde-toi, tant que tu vivras,
De jucher les champs sur la mine.

« Épatant ! Et qu'est-ce que tu as pour ma "Publicité poétique" ?

— Rien, que le père Hugo :

Lorsque l'enfant paraît, le cercle de famille
Applaudit à grands cris...

et félicite chaleureusement Mme Lachapeigne, sage-femme de première classe, qui vient de mener à bien l'heureux travail de l'enfantement...

— J'en ai un autre, criai-je de loin, j'ai un Baudelaire !

Sois sage, ô ma douleur, et tiens-toi plus tranquille.
Tu demandais Le Soir, *il descend, le voici...*

... mais il paraîtra désormais sur six pages, avec deux feuilletons quotidiens signés des noms les plus aimés du public... Ça peut aller ?

— Bravo ! bravo ! dit joyeusement mon mari. Vous êtes un amour de petit camaro ! »

J'étais fière de ce nom qu'il me donnait depuis ma seizième année.

« Vous n'avez pas fini, tous deux là-bas ? criai-je.

— Non, répondit mon mari. Aussi, on n'a pas idée d'un patelin où le courrier part à 5 heures, et où les dîners de noces ont lieu à 6 heures et demie ! Je cherche encore quelque chose pour ma "Publicité littéraire", dans du Sully Prud-homme bien rebattu... Je vous adore ! »

J'enroulai ma traîne, qui m'excédait, autour de mes bas blancs, et j'attendis patiemment. Une enfance, une adolescence adaptées à la vie de mes deux aînés m'avaient accoutumée à tenir peu de place, mener peu de bruit, et rompue à des divertissements garçonniers, au nombre desquels je comprends les jeux de l'esprit tels que pastiches irrévérencieux, rébus, calembours et acrostiches satiriques.

Dans le village où mon frère aîné exerçait la médecine, je m'en tenais à la compagnie des miens, mais j'avais voué une tendre admiration au prestigieux journaliste très parisien que l'on sait, fils d'un camarade de promotion de mon père et mon aîné de quinze ans. L'ami admiré, devenu mon fiancé, était mon mari depuis une heure trente environ...

Je me levai, mordis une feuille de menthe, me rassis au bord d'un châssis vitré qui couvait des semis, en relevant ma robe sur mon jupon de dessous légèrement empesé, orné d'une petite dentelle. La chatte tricolore sortit de la bâche où elle s'étuvait, et la vigoureuse senteur des plants de tomates, que sa sieste avait meurtris, émergea en même temps qu'elle.

L'enivrement d'une fille amoureuse n'est ni si constant, ni si aveugle qu'elle cherche à le croire. Mais son orgueil la tient muette et courageuse, même dans les moments où elle pousserait le grand cri, opportun et sincère, le grand cri de réveil et de peur. Ce cri-là ne m'était pas monté aux lèvres, car deux longues années de fiançailles avaient fixé mon sort sans rien changer à ma vie. Devenu mon fiancé, l'ami de ma famille nous venait voir assez rarement, apportait des livres, des illustrés, des bonbons, et repartait... Le grand événement de nos fiançailles, pour moi, ç'avait été notre correspondance, les lettres que je recevais et écrivais librement.

Quand il nous quittait, je le conduisais à la gare, jusqu'au mauvais train omnibus. Après quoi je refaisais le kilomètre de route avec le chien Patasson. Je feignais de ne pas entendre les commentaires désobligeants de mes frères, — quels frères ne maudirent un peu, ne moquèrent le fiancé qui leur prend une sœur ? Les miens, pour user ma patience, parlaient de lui sans le nommer autrement que « Il ».

« Tu as remarqué ? disait Achille à Léo, comme *il* a grandi depuis la dernière fois ?

— Grandi ? Tu es sûr ?

— Comment, si je suis sûr ? Son crâne dépasse ses cheveux !

— Allez-vous vous taire ? disait Sido. Vous tenez absolument à faire de la peine à la petite ?

— C'est très bon pour elle, répliquait l'aîné. Elle en verra d'autres quand elle sera mariée. Ça la dresse. »

Il disait vrai. Je me mordais le dedans de la joue et j'affectais le dédain. En guise de récompense, mon frère annonçait à la canto-nade :

« J'ai une tournée du tonnerre de Dieu... Adon, Montcresson, Saint-Maurice... »

Je ne me le faisais pas répéter. Et lorsqu'il jetait, au moment de partir, sa trousse de chirur-gie sur le siège du cabriolet, il était sûr de me trouver installée avec mon livre, mon goûter, mon vieux manteau, prête au long trajet, aux côtes montées à pied pour soulager la jument, résignée à entendre les grands « Hôôô là... hôôô là... » des femmes en gésine, attentive à tondre des poignées d'avoine verte ou de foin fin pour faire plaisir à la jument, bref réintégrée dans mon enfance...

Molle et lassée à la fin de ce 15 mai 1893, la mariée s'occupait d'élargir, du bout d'un bâton, les issues d'une fourmilière. Le soleil rose mon-

tait le long de la maison ; la fatigue de cette journée m'enivrait ; et aussi la gêne d'avoir vécu
depuis le matin sous des regards qui supputaient
mon risque. Quoi, si peu d'angoisse, si peu de
poésie ? Mais ma poésie ancienne c'étaient la
solitude, l'indépendance, ma sauvagerie familiale, et depuis le matin tout me les disputait...
« Demain, je remets ma robe de tous les jours,
celle qui me va le mieux, et je conduirai mon
fiancé à la gare avec mon frère... Demain... »

« On ne pourrait pas nous laisser un bout de
table pour nos papiers ? » réclama la voix de mon
frère.

J'entendais tinter les couverts que l'on disposait
dans le salon, sur la grande table. Le long soir
descendait sans apaiser la chaleur hors de saison.
Du regard et de la voix, j'appelai Sido, qui ne me
répondit pas. Depuis le matin elle se détournait
de moi comme d'un scandale... « Demain, nous
passerons, en revenant de la gare, par les
Croches, parce que c'est plus joli. Nous prendrons le bidon à lait... »

Je ne savais encore user que du « nous » fami-
lial. Demain le train omnibus, atteint au prix
d'une heure de « voiture publique », m'emmène-
rait, mariée, à Paris.

Entre les plants de tomates à repiquer et la
chatte tricolore, eus-je le moment qui m'assura
ensemble de mon courage et de mon erreur ? Il
ne faut pas s'apitoyer sur les filles qui traversent
leurs moments dessillés. L'instant suivant les
remet en face de leur illusion.

L'heure rappela nos hôtes, multiplia le son des
voix. « À tablatable ! » commanda mon père.

« Blatablata ! » répondit mon second frère qui
devait être un peu gris. L'unique jeune demoi-

selle d'honneur parut en haut du perron, toute en taffetas changeant couleur de pigeon, et je me levai pour rentrer, non sans avoir embelli mon corsage de mariée d'une touffe d'œillets rouge-noir, précocement fleuris sous la bâche vitrée, et qui sentaient l'essence de girofle.

« Mon Dieu! s'écria la jeune fille en taffetas changeant. Voulez-vous bien enlever ça!

— Pourquoi? C'est joli, et ils sentent bon.

— Très joli, approuva Sido. Tout ce blanc est si fade. Et naturellement ma fille a mauvaise mine aujourd'hui. Les filles ont généralement une figure de papier mâché le jour de leur mariage.

— Il est bien difficile d'éviter..., commença Mme N...

— Très facile, repartit Sido. Elles n'ont qu'à ne pas se marier.

— Faites ce que je dis et non... », murmura la voix ravissante de son gendre, tout nouveau sinon tout jeune. Car Sido s'était mariée deux fois.

Bien des souvenirs de ce temps lointain m'ont quittée, tous les convives du festin de noces sont morts, sauf la mariée au corsage éclaboussé d'œillets rouges, et peut-être la demoiselle d'honneur en taffetas changeant. Je crois que le menu du repas était assez simple et très bon. Mais entre le brochet sauce mousseline et les entremets — bastions de Savoie, nougats sur lesquels tremblait une rose de sucre filé —, ma mémoire ne m'a rien légué. Car à la faveur de quelques gorgées de champagne, je tombai dans le brusque sommeil qui vainc à table les enfants fourbus. Il paraît que ma tête s'appuya au dossier de mon fauteuil et qu'elle y resta. Mme N... en fut pour sa seconde crise d'indignation, Sido ayant insisté, d'un accent vindicatif qui visait tout le monde et personne, pour qu'on me laissât dormir un moment. Je dormis quelques minutes, et j'entendis en m'éveillant la voix de mon mari :

« Elle ressemble un peu à la Béatrice Cenci du Palais Barberini...

— Elle ressemble surtout, avec ses œillets rouges, dit Pierre Veber, à une colombe poignardée... »

La voix de Sido se fit agressive :

« Vous ne trouvez pas mieux que de la comparer à une décapitée et à un oiseau blessé ? »

L'instant d'après, sa main superstitieuse, en glissant un châle blanc sur mes épaules, ôtait les œillets de mon corsage et m'éveillait tout à fait, juste à temps pour qu'on me demandât de partager rituellement le biscuit de Savoie, d'effondrer le bastion de nougat, de navrer à coups de pelle d'argent la glace rose et verte...

Le lendemain, mille lieues, des abîmes, des découvertes, des métamorphoses sans remède me séparaient de la veille. L'heure d'avant le départ, Pierre Veber mimait une corrida en pleine rue, et s'aidait du vénéré tartan rouge de Sido pour faire des passes de cape. Le lendemain, je partais pour Paris, dans un vieux wagon qui roulait avec un fracas de diligence, en compagnie de trois hommes qui ne m'étaient guère connus, mais dont l'un venait de m'épouser. La joie de retrouver Paris — et aussi, je pense, le champagne des adieux — les grisait de gaieté. Corpulent et agile, comme il fut toujours, mon mari sautait d'un filet à l'autre avec une surprenante légèreté. Houdard, du sein de sa barbe noire imitée de Sadi Carnot, chantait, et Pierre

Veber détruisait patiemment le mécanisme de la sonnette d'alarme. Puis ils se calmèrent, et imprudemment s'endormirent comme la nuit se fermait.

De temps à autre, je collais mon visage à la vitre pour apercevoir, sur l'horizon, la lueur indéfinie qui annoncerait l'approche de Paris. Mais je ne rencontrais que mon reflet obscurci, et derrière moi celui des trois inconnus qui dormaient le cou de travers. Je souffrais de la soif. Une image, que j'emportais, me gonflait péniblement le cœur. Ma mère avait passé la nuit sans se reposer, et portait encore, à l'aube levante, son grand harnais de faille noire et de jais. Debout dans sa petite cuisine, devant le fourneau carrelé de faïence bleue, Sido, abandonnant son visage à une expression d'affreuse tristesse, cuisait pensivement le chocolat matinal.

Table

Avant-propos, par Alain Brunet 7

GIGI

Gigi 27
L'Enfant malade 88
La Dame du photographe 121
Flore et Pomone 162

Appendice : *Noces* 210

Le Livre de Poche s'engage pour
l'environnement en réduisant
l'empreinte carbone de ses livres.
Celle de cet exemplaire est de :
400 g éq. CO_2
Rendez-vous sur
www.livredepoche-durable.fr

PAPIER À BASE DE
FIBRES CERTIFIÉES

Composition réalisée par PCA

Achevé d'imprimer en France par
CPI BUSSIÈRE (18200 Saint-Amand-Montrond)
en juillet 2022
N° d'impression : 2065834
Dépôt légal 1re publication : juin 2004
Édition 13 - juillet 2022
LIBRAIRIE GÉNÉRALE FRANÇAISE
21, rue du Montparnasse – 75298 Paris Cedex 06